编委会

丛书主编　**董一菲**

执行主编　**张金波**

本册编写　**林　喆**

编委（排名不分先后）

　　诗意语文工作室由全国中语十大学术领军人物、特级教师董一菲老师领衔。目前已广纳全国23省、4个直辖市、3个自治区402位优秀语文教师。诗意语文追求汉语的诗意、思维的诗意、审美的诗意、文化的诗意、理性的诗意，唤醒生命中的诗意，培养师生语文核心素养。

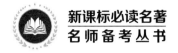

新课标必读名著
名师备考丛书

老人与海

精解速读

［美］欧内斯特·海明威◎著　　林喆◎导读
董一菲◎主编　　张金波◎执行主编

中国国际广播出版社

目 录

作品导读

永不言弃的信念

有人说，《老人与海》是整个欧美文学中迄今为止最伟大的一部中篇小说；如果嫌这个说法太绝对的话，那么说《老人与海》是整个欧美文学中迄今为止影响最大的一部中篇小说，并不为过。1954 年，海明威凭借这部小说获得了诺贝尔文学奖。

故事主要讲述了一个老渔夫钓到一条巨大的马林鱼，可这条大鱼在回程中被鲨鱼给吃光了，老人只带回来一副巨大的鱼骨。如此简单的一个故事却赢得了如此崇高的声誉，为什么？

第一，海明威在这个简单的故事中把他那影响了一个时代的文风发挥到了极致。正如评论家们所说，海明威是一位手拿斧子的作家，他斩伐了整座森林的冗言赘词，还原了基本枝干的清爽面目，他砍掉了一切花花绿绿的比喻，清除了古老神圣、毫无生气的文章俗套；然后，他又拿起金刚钻刻刀雕琢他的文句，把一些最寻常的用语打磨得闪闪发光，让它焕发出奇异的光彩。

小说的主体部分就是老人在海上打鱼，以及在这一过程中老人独处时大量的心理活动和独白。但正是这么单纯的人物和情节，却如一颗宝石，在太阳的照射下折射出万丈光芒，这就必须要提到海明威的一个著名理论——冰山原则。

第二，海明威曾说："冰山运动之雄伟壮观，是因为它只有八分之一在水面上。"结合前面所说，海明威用斧子把"冰山"的"八分之七"砍掉，只留下露出水面的"八分之一"；可是这"八分之一"又强烈地暗示那水下的"八分之七"的存在。

面对一望无垠、险象环生的大海，以及大海中无数凶猛的生物，人类无疑是弱小的，何况是一个老人呢？但小说中的老人却绝不畏惧、胆怯，而是表现出对大海和海洋生物的喜爱，以及面对困难时永不服输的顽强。即便是在鲨鱼来袭，吃掉老人费尽千辛万苦钓到的马林鱼的大块鱼肉，并把老人的渔叉和绳子扯走，以至于老人几乎没有武器面对即将到来的更多鲨鱼时，老人也很快从短暂的沮丧中走出，喊出了一个硬汉的最强音——人不是为了失败而生的。人可以被毁灭，但绝不能被打败（But man is not made for defeat.A man can be destroyed but not defeated.）。这就是彪炳世界文学史的"硬汉精神"——一个硬汉，你可以在肉体上将他毁灭，但绝不可能在精神上把他打败。下面，我们从三个方面分析这篇小说中的"硬汉精神"。

1. 老人与海。小说一开始，这位最优秀的老渔夫遭遇了人生的困境——他已经八十四天都没有钓到一条鱼了，可是老人依旧倔强地一次次走向大海，走向这个对他残酷无情的大海，去钓鱼。更可贵的是，老人并没有陷入对大海的埋怨——虽然他完全有理由这样做——而是依旧觉得大海是"仁慈而美丽"的，这也就说明即便大海一次又一次地拒绝老人的钓钩，但老人并没有臣服在大海面前，而依然在精神上保持与大海的平等。虽然他已经八十四天从大海无功而返，但第八十五天，老人依旧信心十足地走向大海，他永远不会屈服，因此他永远不会失败。

2. 老人与马林鱼。第八十五天的中午，大海终于回报了老人的坚持，但这回报绝不是唾手可得的果实，而是一个巨大的挑战。老人凭借多年的经验知道，上钩的是一条巨大的马林鱼，只是他没有想到，这条马林鱼大到几乎超出了他的捕鱼能力。老人根本不可能把大鱼从大海深处拽上来，只能用尽全身的力量拉紧钓绳，任由大鱼牵引着往大海深处游去。更可怕的是，这条大鱼也是鱼中的一条硬汉，它那永不服输的精神可以说并不亚于老人，被钓钩钩住的大鱼在疼痛和饥饿的状态下拖着老人走了两天两夜，而老人也在精神和肉体高度紧张和疲惫的状态下，经过了两个漫长的夜晚，看到太阳的两次升起，途中还经历了左手抽筋（抽了半天左右的时间）、累到近乎晕厥、恶心到想吐等艰难。老人只要割断钓绳，就可以摆脱这种非人的痛苦，但是老人完全没有产生过这种念头，最多只是一次次地念叨如果男孩在自己身边就好了。最出人意料的是，面对这条如同自己一般倔强的大鱼，老人非但没有恐惧，没有放弃，而是把它当作可与自己较量的对手一次次地赞美。老人爱这条大鱼，敬重它，称呼它为兄弟，设身处地地揣测大鱼的状态，可怜它没有休息，没有进食，甚至希望能喂大鱼吃点东西。当然，更多的时候，老人是把这条大鱼当作一个可以真正和自己较量的对手，希望杀死它，赢得这场较量的最后胜利。

3. 老人与鲨鱼。鲨鱼的出现是老人与马林鱼战斗的结果。老人用尽自己最后的力气把渔叉深深地刺进马林鱼的心脏，流出的一大摊血迹引来了鲨鱼。第一头来袭的鲨鱼就是一头巨大的大牙鲨，但老人依旧战胜了它，却丢了自己的渔叉。筋疲力尽的老人没了武器，但他依然固执地把刀子绑在船桨上继续战斗，他又不可思议地战胜了两头加拉诺鲨。然后在与铲鲨的战斗中，老人的刀刃断了。老人用船桨、舵柄、短棍继续战斗，直到午夜，直到短棍丢了、舵柄断了，直到大鱼只剩下一副残骸。老人几乎每一刻都在做着远超出他体能极限的搏斗，他失败了吗？没有！因为他从来没有放弃过战斗，老人说："我会继续搏斗，一直到死。"老人没死，他在这场注定"失败"的战斗中坚持到最后，他从未屈服，从未投降，从未放弃，所以他没有失败！

　　如果把大海比作人生，我们很少会遭遇到像老人一样的困境；如果人生有竞争，我们很少会遭遇如大马林鱼和鲨鱼一般强悍的对手；如果人生有绝望的时刻，我们很少会遭遇如老人般令人绝望的境遇。但不可否认的是，在遭遇到远没有老人那般坎坷的状况时，我们绝大多数人早早地选择了畏葸不前，放下武器，放弃战斗。当我们将要臣服于命运之时，当我们有了胆怯畏缩的念头之时，我们或许可以想到这个老人，也许，这个老人的战斗会让我们再一次拿起武器，再坚持一下！

主要人物

老人圣地亚哥

身份： 渔夫

性格： 从不畏惧，尊重对手，永不放弃

履历： 年少时，老人曾在一艘开往非洲的帆船上当水手，他在年轻时因为健壮的身体和顽强的意志被人称为"冠军"。此后老人曾在捕龟船上待过很多年。老人曾经结过婚，但小说开始时，老人的妻子已逝去，他没有孩子，晚年独自一人驾着小船在墨西哥湾流里捕鱼。

男孩曼诺林

身份： 渔夫

性格： 爱憎分明，热爱、崇拜老人，富有同情心

履历： 男孩五岁就随老人第一次出海，老人教会了男孩捕鱼，男孩也一直跟随着老人捕鱼。直到老人四十天都一无所获后，男孩的父母让他去另一只船上跟随船主人捕鱼，但男孩并不喜欢这位新船主，反而经常去帮助和照顾老人。小说的最后，男孩决定再次回到老人的船上，和他一起去捕鱼。

必考重点

《老人与海》没有分章节，但小说是明显按照时间顺序进行叙述的，可简单分为三部分。

第一部分：小说一开始，简单介绍老人之后，就进入到正常的叙述，即第八十四天傍晚，老人又一次地从海上无功而返。

第二部分：第八十五天清晨，老人摸黑出海打鱼，中午大鱼上钩，拖着老人和船走了两天两夜，熬过了第八十六天，在第八十七天中午左右老人把马林鱼杀死，当天下午鲨鱼来袭，老人和纷至沓来的鲨鱼搏斗，直到午夜。

第三部分：第八十八天凌晨，老人摸黑回到海边的小屋中睡下。

《老人与海》的篇幅并不长，我们采用的中文译本共有四万多字，所以下面我们会按照时间顺序展开小说的内容，并对一些重要的考点（亦即小说的精彩内容）进行考点提炼和解析。

第一部分

第八十四天

老人似乎是以一个"失败者"的形象出场的：八十四天未捕到一条鱼，陪着他的男孩离开他了，所有的渔具都破烂不堪，而老人自己也显得苍老而憔悴。甚至很多渔夫都在嘲笑老人，只有一些同样上了年纪的渔夫有点同情他，但真正关心他的只有这个男孩，是老人教会男孩捕鱼的。男孩帮老人整理渔具，希望能再次和老人一起出海，但被老人拒绝了。

　　老人独自一人驾着小船在墨西哥湾流里捕鱼，八十四天过去了，一条鱼都没捕到。头四十天，还有个小男孩陪着他，但是四十天都一无所获之后，孩子的父母就跟孩子说，这老人是"铁定走了霉运，"就是说，倒霉到了极点。男孩于是顺从父母的意思去了另一只船，第一周就捕到了三条像模像样的鱼。看到老人每天驾着空船回来，男孩心中非常难过，他总会走下岸去帮老人拿卷好的绳索、渔钩或者渔叉，还有卷在桅杆上的帆。帆用面粉袋打满了补丁，卷着的样子像是一面象征永远失败的旗帜。

　　老人身体瘦削，面容憔悴，颈后有深深的皱纹，脸上生着褐斑，那是热带海洋上的光照导致的良性皮肤癌。这些斑沿着他的脸颊两侧一路长下去。他手上有深深的疤痕，是用绳子拽拉大鱼时勒的，这些都是旧伤了，年代久远得如同无鱼可打的荒漠里被侵蚀的土地。

　　老人身上的一切都老了，但是眼睛除外。那双眼睛有着大海一般的颜色，乐观欢快，不知失败为何物。

"圣地亚哥，"两人把小船往岸上拖的时候孩子对老人说，"我又可以和你一起出海了。我们挣了点钱。"

是老人教会了男孩如何捕鱼，这孩子爱他。

"不行，"老人说，"那是只交了好运的船，继续跟他们待着吧。"

"不过你该记得，有一回你八十七天都没捕到鱼，然后接下来的三个星期里咱们每天都捕到了很多大鱼。"

"我记得，"老人说，"我知道你不是因为怀疑而离开的。"

"是爸爸让我走的。我是个小孩，得听他的话。"

"我知道，"老人答道，"这很正常。"

"他没有什么信念。"

"是的，"老人说，"但是咱们有啊，不是吗？""没错，"孩子说，"我能去露台饭店里请你喝杯啤酒吗？然后咱们再把这些东西带回家。"

"好啊，"老人说，"咱哥儿俩喝！"他们在露台上坐了下来，很多渔夫嘲笑老人，他并不生气。另外一些人，那些上了年纪的渔夫，则看着他，为他悲伤，但脸上没表露出来，而是礼节性地跟他聊海流，他们放线钓鱼的深度，还有就是持续的好天气以及他们的见闻。那天满载而归的渔夫们早已回来，已经把马林鱼剖好了，长长地摆满了两张木板，一头两人抬着，摇摇晃晃地往鱼库里送，那里会有装着冰块的卡车把鱼运到哈瓦那。捕到鲨鱼的早已把鱼送到小海湾另一端的鲨鱼加工厂去了。在那儿，工人们把鲨鱼用滑轮组吊起来，除去肝脏，砍掉鱼翅，剥去鱼皮，把鱼肉切成条腌起来。

东风起的时候，来自鲨鱼加工厂的气味会越过港口飘过来；但是今天很淡，只是隐约可闻，因为风向先是转北，然后又停了。露台上空气宜人，阳光和煦。

"圣地亚哥。"男孩说。

"嗯。"老人应道。他正拿着酒杯，想着很多年前的事。

"我能出去给你弄点明天要用的沙丁鱼吗？"

"别。去打棒球吧。我还可以自己划船，罗奇里奥会帮我撒网的。"

"我想去。既然不能和你一起打鱼，我总该帮你做点事啊。"

"你不是请我喝啤酒了嘛，"老人说，"你已经很仗义了。"

"你第一次带我出海的时候我多大呢？"

"五岁，你当时差点丢了小命呢，我把鱼扯上来的时候太早，结果它几乎要把船给撞碎了。还记得吗？"

"我记得鱼尾巴噼啪噼啪地拍打着，快把座板给打破了，还有棍子打鱼的声音。你把我扔到船头，那里盘放着湿漉漉的渔线，我感到整条船都在抖。你用棍子打它的声音就像在砍树，我身上到处都是甜丝丝的血腥味。"

"这些你都记得吗？还是我曾经告诉过你呢？"

"从咱们第一次一起打鱼的时候我就什么都记得。"

老人看着他，那双被太阳灼伤的眼睛里充满了信任和慈爱。

"你要是我的儿子，我就带你去赌一把了，"他说，"但你是你爸爸妈妈的孩子，而且你现在是在一条幸运船上。"

"我去给你弄点沙丁鱼好吗？我还知道哪儿能找到四只鱼饵。"

"我今天还有剩的呢，都放在盒子里腌起来了。"

"让我去弄四只新鲜的吧。"

"一只吧。"老人说。他的希望与自信从未消失，而如今则如微风泛起一般鲜活了。

"两只。"男孩说。

"那就两只吧，"老人同意了，"不是你偷的吧？"

"我想偷呢，"男孩答道，"但这些可是我买的。"

"谢谢你。"老人说。他是个头脑简单的人，根本不会想自己什么时候变得这样谦卑了。但他明白自己已经变得很谦卑了，而这并不丢脸，也无损于真正的自尊心。"看这洋流的样子，明天是个好日子呢。"他说。

"那你准备去哪儿呢？"孩子问。

"很远的地方。等到风向转了，我再回来。我想在天没亮之前就出发。"

"那我会想办法让他出远海，"男孩说，"这样你要是真钓到了大鱼，我们可以去帮你的忙。"

"他不会愿意出远海的。"

"他是不愿意，"男孩说，"但我能看到他看不见的东西，比如一只正在捕鱼的鸟，我就让他赶去追海豚。"

"他的眼力这么差吗？"

"几乎跟瞎了一样。"

"这可怪了，"老人说，"他从没捕过海龟，那才是真伤眼力呢。"

"但是你在蚊子海岸外海捕龟那么多年，你的眼力还是那么好呢。"

"我是奇人啊。"

"但是你现在还有那么大的力气捕真正的大鱼吗？"

"我想没问题。再说还有很多诀窍呢。"

"咱们把东西带回家吧，"孩子说，"这样我好去拿网，搞沙丁鱼去。"

他们从船上拿起渔具。老人肩上扛着桅杆，男孩抱着装有编织得紧密的棕褐色卷线的木箱子、短渔叉和带杆子的长渔叉。盛鱼饵的盒子被放在船尾的舱底，跟一根木棒放在一起，大鱼被拉到船侧时就用这棒把它打晕。虽然没人会来偷老人的东西，但最好把帆和粗索带回家，因为露水会对它们有害，老人虽然很清楚当地人决不会偷他的东西，但是觉得没必要把长短渔叉留在船上，引人动念头。

他们顺着路一直走到老人的小屋，从敞开的门进去。老人把裹着帆的桅杆竖在墙边，男孩把箱子和其他的渔具放在它旁边。这桅杆几乎跟小屋的一个单间一般长。小屋是用棕榈的坚硬苞壳搭建的，这种苞壳有个名字叫作"海鸟粪"。屋里有一张床、一张桌子、一把椅子，泥地上有一块烧木炭煮饭的地方。用压平的结实"海鸟粪"交叠铺就的褐色墙壁上，有一幅彩色的耶稣圣心像和一幅圣母像。这些都是他妻子的遗物。以前墙上还有一张他妻子的着色照片，但是老人后来把它取下来了，因为看到这照片让他感到太过孤单。照片如今在墙角的架子上，放在他的一件干净衬衫下面。

"你有什么吃的东西吗？"男孩问。

"一罐黄米饭煮鱼。你要吃点吗？"

"不了，我待会儿回家吃。要我帮你生火吗？"

"不用。过会儿我再生，也许我就吃冷米饭好了。"

"我能把渔网拿去吗？"

"当然可以。"

其实并没有什么渔网，孩子还记得他们把渔网给卖掉的时候。但是他们每天都要扯一番这样的谎话。男孩也知道，屋里也没有那么一罐黄米饭和鱼。

"八十五是个吉利数，"老人说，"你想不想见我捕一条重一千多磅的大鱼回来呢？"

"我去拿渔网捕沙丁鱼了。你要不坐在门边晒太阳吧？"

"好的。我这儿还有昨天的报纸，我来看看棒球赛的消息。"

男孩并不知道关于昨天的报纸是否也是虚构的。但是老人却从床下拿出一张报纸来。

"伯里克利在杂货店给我的。"他解释道。

"我一弄到沙丁鱼就回来。我会把咱俩的鱼放一起用冰镇着，那早上就可以分着用了。我回来了你就告诉我关于棒球赛的消息。"

"洋基队可不会输。"

"但我担心克里夫兰的印第安人队会赢。"

"孩子，要对洋基队有信心啊，想想那了不起的迪马尼奥吧。"

"我既担心底特律的老虎队，又担心克里夫兰的印第安人队。"

"当心点，不然你连辛辛那提红人队和芝加哥白袜队都会担心了。"

"你好好研究研究，等我回来再讲给我听。"

"你看咱们要不要去买张尾数是八十五的彩票呢？明天可是第八十五天了。"

"行啊，"孩子说，"但你上次创下的伟大纪录是八十七天，那要怎么办呢？"

"同样的事可不会发生两次。你看你能弄张尾号是八十五的彩票吗？"

"我可以订一张。"

"那就订一张。这得花两块半。咱们向谁能借到这笔钱呢？"

"这个容易。我总能借到两块半的。"

"我看没准儿我也能借到。但我总尽量不去借。先是借钱，后来可就是乞讨了。"

"穿暖和点，老爷子，"男孩说，"别忘了，现在可是九月份呢。"

"这正是大鱼出现的月份，"老人说，"要是在五月份，人人都能成为捕鱼能手。"

"我现在去弄点沙丁鱼了。"男孩说。

男孩回来的时候，老人在椅子里熟睡着，夕阳已经下山了。孩子从床上拿起一张旧军毯，铺在椅背上，盖住老人的肩膀。这两只肩膀挺怪，虽然人已经年迈，肩膀却依旧很结实。老人的脖子也很壮实，而且老人熟睡的时候，他的头往前耷拉着，脖子上的皱纹也不太明显了。他的衬衫打了很多补丁，如今就像那帆一样了，补丁被太阳晒得褪色成很多深浅不同的颜色。老人的头却显得格外衰老，当他闭上眼睛的时候，整张脸便毫无生气了。报纸摊在他的膝盖上，晚风中，靠他一只手臂压着才没被吹走。老人光着脚。

男孩把他留在那儿走了，等他回来的时候，老人还在熟睡着。

"老爷子，该醒了，"男孩说着，一只手搭在老人的膝上。

老人睁开眼，过了一会儿，仿佛是从很远很远的地方回来了。然后笑了。

"你弄了些什么回来了？"老人问。

"晚饭，"孩子说，"咱们吃晚饭吧。"

"我还不太饿。"

"来吃吧。你可不能只打鱼不吃饭。"

"我这么干过，"老人站起身，把报纸拿起来折好。接着他开始动手折毯子。

"把毯子披着吧，"男孩说，"只要我活一天，你就不能不吃饭就去打鱼。"

"那你该长命百岁才成，好好照顾自己，"老人说，"咱们吃什么呢？"

"黑豆、米饭、炸香蕉，还有一些炖肉。"

这些都是男孩从露台饭店里用一只双层金属饭盒装着带回来的。他的口袋里还有两副刀叉和汤匙，每一副都用餐巾纸包着。

"谁给你的？"

"马丁。那个老板。"

"那我得谢谢他。"

"我都谢过了，"孩子说，"你就不用再跟他道谢了。"

"我要把捕到的大鱼鱼肚子上的那块肉给他，"老人说，"他这样帮咱们可不只一两次了吧？"

"我想是的。"

"那我除了给他鱼肚子肉，还得送点别的。他对咱们可真关心。"

"他还送了两瓶啤酒呢。"

"我最喜欢罐装的啤酒了。"

"我知道。但这是瓶装的，阿图埃啤酒，喝完我还得把瓶子送回去。"

"你可真好，"老人说，"那咱们吃饭吧？"

"我一直叫你吃呢，"孩子温和地说，"不等你准备好，我可不想把饭盒打开。"

"我准备好了，"老人说，"只要洗洗手就行了。"

你上哪儿洗手呢？男孩心想。小镇的供水处和这儿还隔着两条街呢。我该把水带到这儿让他用的，孩子想，还有肥皂和一条干净的毛巾。我怎么那么粗心呢？冬天来了，我得给他弄件衬衫和夹克衫，还要弄双什么鞋子，再添条毯子才好过冬。

"这炖肉很好吃。"老人说。

"跟我讲讲棒球赛吧？"男孩问他。

"在美国职业联盟里，像我说的就只有洋基队值得一提了。"老人兴高采烈地说。

"他们今天输了啊！"男孩告诉他。

"那没什么。了不起的迪马尼奥又恢复本色啦。"

"但队里还有其他队员呢。"

"是不错。但有他就不一样了。其他的职业联盟，比如在布鲁克林和费城之间，我就会选布鲁克林。当然我不会忘记迪克·西斯勒在老公园里打出的那些好球。"

"那些好球从没人打过。他击过我见过的最长的球。"

"你记不记得他过去常来露台饭店？我本想带他一起去打鱼，但我太腼腆了，没对他开口。后来我让你去问他，而你也太腼腆了。"

"我知道。那可真是个大错误啊。他本可以和咱们一起出海的。那咱们这辈子都有的回味了。"

"我想带了不起的迪马尼奥去打鱼,"老人说,"有人说他爹是个渔夫。或许他当初也像咱们一样穷,会理解咱们的心意的。"

"那个伟大的西斯勒的爸爸可从来没过过穷日子,而且他老爸在我这么大年纪的时候就在联赛里打球了。"

"我像你这么大的时候,就在一艘开往非洲的方帆船上当水手了。傍晚的时候,我还在海岸上见到过狮子。"

"我知道。你跟我说过。"

"那咱们是谈非洲还是棒球呢?"

"我觉得还是谈棒球吧,"男孩说,"跟我讲讲那个了不起的约翰·J.麦格劳吧。"他把J念成了Jota。

"很久以前他经常来露台饭店。但是一喝酒,他就变得行为粗鲁、说话刻薄、很难应付。他心里总是惦记着马和棒球。至少他的口袋里总装着很多马的名单,他跟人通电话的时候还时常提到马的名字。"

"他是个很棒的经理,"男孩说,"我爸爸认为他是最棒的。"

"那是因为他来这儿的次数最多吧,"老人说,"要是杜罗切每年都来这儿的话,你爸爸就会认为他是最棒的了。"

"说真的，那到底谁是最棒的经理人呢？卢克还是麦克·冈萨雷斯？"

"我认为他们不相上下。"

"而最棒的渔夫可就是你了。"

"不是。我知道还有比我更强的。"

"怎么会呢，"男孩说，"好渔夫很多，也有些顶顶了不起的。但只有你是最好的。"

"谢谢你。你让我很开心。我希望不要出现什么顶大的鱼来证明咱们在胡说八道。"

"你要是像自己说得那么健壮的话就不会有那样的鱼出现。"

"我可能没有自己想象得那么健壮，"老人说，"但是我办法多，决心大啊。"

"你现在该上床睡觉了，这样明天一早你就又生龙活虎了。我来把东西送回露台饭店。"

"那晚安了。我明早叫你起床。"

"你可是我的闹钟呢。"孩子说。

"年纪是我的闹钟，"老人说，"老年人为什么这么早就醒了呢？是想让日子过得长点吗？"

"不知道，"男孩说，"我只知道年轻人睡得沉，起得晚。"

"那我记住了，"老人说，"我会及时叫你起床的。"

"我不喜欢船主人叫我起床，那样感觉我好像比不上他似的。"

"我明白。"

"睡个好觉，老爷子。"

男孩走了。他们吃饭的时候，桌上没点灯，老人脱掉裤子，在黑暗中上床睡觉了。他把裤子卷成个枕头，把报纸塞在里面。老人把自己裹进毯子里，在弹簧床上铺着的另外一些报纸上睡下了。

他很快就睡着了。老人梦到了他年少时所见过的非洲，那里有长长的金色海岸和白得刺眼的海滩，还有高耸的海岬和褐色的大山。每天夜晚，他都梦见那海岸，在睡梦中他听到海浪拍打的声音，看见土人的船只在其间穿行。他睡着时闻到甲板上的焦油味和麻絮味，以及晨风从陆地上刮来的非洲大陆的气息。

通常一嗅到陆地来的风，老人就醒了，起身穿衣去叫男孩起床。但是今晚陆地上刮来的风所带来的气息来得很早，老人在梦里知道时间还太早，于是继续把梦做下去。他看到群岛白色的山峰缓缓地从海里升起，他还梦到了加那利群岛的各个港口和停泊处。

他不再梦见暴风雨，不再梦见女人，不再梦见重大事件，不再梦见大鱼，他的梦境中也不再出现打架、较力，也不再出现他的妻子。他如今只梦见一些地方以及海岸边的狮子。它们在薄暮中似小猫一般玩耍嬉戏，老人如爱男孩一样爱它们。可他却从没梦见过男孩。

考点提炼

1.《老人与海》是美国著名作家_____的代表作，主人公名叫圣地亚哥，他的身份是一名_____。

答案：海明威；渔夫

————————— 解析 —————————

海明威是美国著名作家，也是20世纪最著名的小说家之一，他曾以《老人与海》获得普利策奖和诺贝尔文学奖，海明威其他代表作还有《太阳照样升起》与《永别了，武器》。海明威早期的创作使他成为了美国"迷惘的一代"作家中的代表人物，而他后期的创作塑造了一个又一个的"硬汉"形象，这些形象不仅成为文学史上的经典，而且也成了美国人的精神偶像，甚至可以说塑造了美国的国民性。海明威的作品有着影响巨大的独创风格，有人把这种文风称为"电报体"，以精悍、简练、明快著称，这和海明威早年的记者身份有一定关系。《老人与海》主人公的名字叫圣地亚哥，是一名经验丰富的老渔夫，年轻时做过水手，膂力惊人，大半生都在海上漂泊，最后成为一个在墨西哥湾打鱼的渔夫。

2. 小说开始对老人有两处肖像描写，这些描写集中表现了老人外表上的＿＿＿＿＿＿＿＿＿＿＿＿＿，以及精神上的＿＿＿＿＿＿＿＿＿＿＿＿＿。

答案：苍老憔悴、伤痕累累，但依旧结实健壮；乐观向上、永不屈服。

——————————— 解析 ———————————

　　小说第二段就写了老人的苍老憔悴，以及由于常年在海上打鱼，热带阳光的照射以及高强度的劳动带给老人的累累伤痕，但老人的眼睛并不苍老，依旧明亮、乐观、勇敢；傍晚老人睡着时，小说又有一段肖像描写，侧重写出了老人依旧壮实的肩膀和脖子，也为后文老人在海上超人般的耐力和坚韧埋下伏笔。

3. 小说中对老人在海边的衣食住行做了简单的勾勒，这些描写表明老人的现实境况是_____。

答案：清贫，几乎一无所有

 解析

老人在海边的小屋是狭小而简陋的，屋内除了生活必备的一点家具和妻子留下的一点遗物外，几乎一无所有。不仅如此，老人的渔网都被卖掉，很可能是由于长久没有打到鱼，只能卖掉渔网贴补一点家用；老人买不起一张彩票，没有过冬的衣物，甚至在一天的辛劳后，连一顿像样的晚餐都没有。老人唯一的娱乐，是关心棒球赛的消息，可报纸也是别人给他的。可以说，老人的现实境况几乎是赤贫，但小说中这类描述并没有太多的感情色彩，而是出奇的平静和淡远，但正如张爱玲所说，"许多句子貌似平淡，其实充满了生命的辛酸。"

4. 请简要说明老人与海边其他人的关系。

答案：老人对男孩充满信任和慈爱，男孩对老人充满信任和同情，有一些渔夫嘲笑老人，也有一些老渔夫同情老人，老人在生活上也得到了男孩和其他一些人的照顾和帮助。

①老人与男孩。老人教会了男孩打鱼，对男孩充满了信任与慈爱，几乎把男孩当作自己的孩子；男孩也对老人充满了信任，并对老人的不走运以及清贫的生活充满了同情，也竭尽所能地照顾和帮助老人。②老人和海边的其他人。对于老人不幸的遭遇，很多渔夫嘲笑他，但也有些老渔夫也许是出于同病相怜对他给予同情；在生活上，老人也得到了露台饭店老板以及其他人的照顾。面对他人尤其是男孩的好意，老人自然是感恩的，甚至有些谦卑，但老人这种谦卑无损于他的自尊；而面对他人的嘲笑，老人并不生气，这并不是英雄迟暮的悲凉，而是历经世事后的豁达。

第二部分

第八十五天

章节导读

　　第八十五天清晨，老人摸黑叫醒了男孩，两人拿好渔具各自启程去捕鱼，老人怀着乐观自信的心态走向大海。老人按照自己的感觉向大海划去，离海岸以及在近海捕鱼的渔民越来越远。随着夜色褪去，太阳升起，广袤蔚蓝的大海中只有老人一人了。临近中午的时候，老人在浅海钓到了一条十磅左右的金枪鱼，老人打算用它来做鱼饵。很快，大鱼上钩了。然而，这条大鱼之大，连经验丰富的老人都出乎意料，老人使出了全身之力，紧绷的钓线仍纹丝不动，于是，只能任由大鱼拖着老人和渔船向大海深处游去。老人忍痛说，会和大鱼僵持到死。第八十六天的太阳快要升起了，新的一天又会怎样呢？

必考段落

他只是那么醒来，朝敞开的门外看了看月亮就把卷起的裤子打开后穿上。他在小屋外小解后就上路去叫男孩起床了。在清晨寒冷的空气中，老人打着哆嗦。但他知道哆嗦一会儿就会暖和了，要不了多久他就可以划船了。

男孩住的房子没锁门，老人推开门，光着脚轻轻地走了进去。男孩在第一间房的一张小床上熟睡着，借着残月散下的月光，老人可以清楚地看见他。他轻轻地握住男孩的一只脚，直到孩子醒过来，扭头看他。老人点点头，男孩便从床边的椅子上拎起他的裤子，坐在床边穿上了。

老人走出门外，男孩跟在后面。孩子还很困，老人伸出胳膊搂着他的肩膀说，"对不起。"

"哪里，"孩子说，"男人就该这么做。"

他们沿路走向老人的小屋。一路上，黑暗中有些光着脚的男人在走动，扛着船上的桅杆。

到达老人的小屋时，男孩拿起装着卷线的篮子，还有渔叉和渔钩，老人肩上扛着桅杆和卷起的帆。

"你想喝咖啡吗？"孩子问。

"等咱们把渔具拿到船上再喝点吧。"

他们在清晨专供渔夫早餐的地方用炼乳罐喝咖啡。

"老爷子，昨晚睡得好不好？"男孩问。他现在完全醒了，虽然还睡意犹存。

"睡得很好，曼诺林，"老人说，"我今天可是信心十足。"

"我也是，"男孩说，"我现在得去拿咱们俩用的沙丁鱼，还有你的鱼饵。船主人都是自己带我们的渔具，他从来不让任何人帮忙拿东西。"

"咱们可不同，"老人说，"你五岁的时候我就让你帮忙拿东西了。"

"我知道啊，"男孩说，"我很快就会回来的。再喝点咖啡吧。咱们在这里可以赊账的。"

男孩走开了，他赤脚走在珊瑚岩上，向贮存鱼饵的冰库走去。

老人缓缓地喝着咖啡。这是他一天的饮食，他知道应该把它给喝了。好久以来，吃让他感觉厌烦，他从来都不吃午饭。小船的船尾放着一瓶水，他一天只需要这个就够了。

男孩把沙丁鱼带回来了，还有用报纸包着的两只鱼饵。他们沿着小路走向小船，感觉着脚下的鹅卵石。他们抬起小船，把它滑进水里。

"老伙计，祝你好运。"

"祝你好运。"老人说。他把桨上的绳套圈在桨座的钉上，身子前倾，把船桨深深地插进水里，小船便在黑暗中向港口的远方划去。其他的海滩上也有船只驶向大海，现在月亮沉入了山背后，老人看不见这些船，却能听到船桨伸入水中划动的声音。

偶尔会有人在船上说话。但大多数的船只除了划桨的声音都是寂静无声的。离开港口之后，船只便四散开来，每个人都会划向感觉能捕到鱼的那片海域。老人知道他会划到很远的地方。他将陆地的气息抛在身后，向有着干净的清晨气息的海洋深处划去。他划船到了一处海域，看到了海湾的水草发出的磷光。那里被渔夫们叫作"大井"，因为这块水域突然有七百英寻深，水流冲击海床的陡壁形成了漩涡，使得各种各样的鱼儿聚集在此，包括大量的虾子、小鱼，偶尔会有来自深不可测的水底洞穴里大群的乌贼。

这些鱼虾夜里浮游到靠近海面，四处游荡的鱼便以它们为食。

黑暗中，老人能感觉到黎明将近。划船时，他听到了飞鱼飞离水面时的颤抖声，还有它们在黑暗中飞翔时坚硬的翅膀所发出的嘶嘶声。老人非常喜爱飞鱼，它们是他在海洋上主要的朋友。他怜惜鸟儿，尤其是那种小巧而柔弱的黑色燕鸥，它们终日飞翔，寻找食物，却几乎总是一无所获。他想，鸟儿的生活比我们人类的还要艰苦，当然那些靠掠夺为食的鸟类和体型壮硕的大鸟除外。为什么像海燕那样的鸟儿生来便如此纤小柔弱，而海洋却如此残忍？大海是仁慈而美丽的，但它可以变得如此残忍，而且又来得那么突然。那些飞着潜入水中捕食的鸟儿，它们的声音弱小而悲戚。对于海洋来说，它们太过于纤弱了。

他总是把海洋当作"海娘子"，那是西班牙语里人们对海洋的爱称。有时，喜欢海洋的人也会说它坏话，但说这些坏话时总是把它当作女人来说的；有些年轻的渔夫（那些在鱼线上拴浮标当鱼漂，买了摩托艇的年轻人——摩托艇是当年鲨鱼肝很值钱的时候买的）会把它叫作"海郎"，把它当男的看。他们提起它就像是在说一个竞争者，一个地方，甚至是一个敌人。但是老人总是把它当作一个女性，她有时大恩大德，有时啥也不给。如果有时她做出狂野或邪恶的事来，那是因为她无法控制自己。老人想，月亮对海洋有着影响，就如同对一个女人那样。

老人平稳地划着船，这丝毫不费力，因为他保持在自己的速度范围内。海面一片平坦，除了水流偶尔卷起的漩涡。他让水流帮他使了三分之一的力。天快亮时老人发现船划得比自己预期在此刻能达到的位置还要远了。我在"深井"忙了一个星期了，还是一无所获，他想。今天我要找成群的鲣鱼和长鳍金枪鱼出没的地方，也许它们之中有条大鱼跟着呢。

天大亮之前，老人布下了鱼饵，让船随水漂流。一只鱼饵下到四十英寻处，一只在七十五英寻，第三只和第四只分别在深蓝的海水中一百英寻和一百二十五英寻处。每只鱼饵头朝下，钓钩的钩身藏在鱼饵里，绑得结结实实，穿得稳稳当当，钓钩所有突出的部分，包括弯曲的部分和尖端都用新鲜的沙丁鱼包裹住。每只沙丁鱼都被钓钩从双眼穿了过去，它们沿着弧度在突出的渔钩背上形成了半个花环的样子。钩子上的每个部分都会让大鱼觉得香气四溢，美味可口。

男孩给了他两条新鲜的小金枪鱼，或者叫作长鳍金枪鱼，它们像铅锤，挂在最深的两条鱼线上，在另外的两根线上，他分别挂了已经用过的一只大青鲹和一条黄鳍，但这两只鱼饵依然完好，又有上好的沙丁鱼来增加香味和吸引力。每条钓线都像一根大铅笔那么粗，线的一端被缠在青皮鱼竿上，这样只要鱼饵一被拉动或触碰，鱼竿就会下沉。每条钓线都有两个四十英寻长的卷线，它们可以迅速跟备用的卷线接起来，以便一旦需要，可以放出三百英寻的线来让鱼拉。

这时老人紧盯着挑在小船一侧的三根鱼竿，观察有没有动静。他轻轻地划着船，保持钓线上下垂直着，停留在合适的深度。天已经很亮了，太阳随时都会升起。

太阳淡淡地从海面升起，老人看到了其他的船只，低低地挨着水面，离海岸不远，顺着水流垂直的方向四散开来。太阳更加明亮了，水面上闪烁着耀眼的光。太阳完全升起时，平坦的水面上反射的光射进他的眼睛里，刺痛了他的双眼，他只顾划船，不朝太阳看。他向水里望去，注视着垂直伸向海底深处的钓线。他把鱼线保持得比任何人的都直，这样在黑暗的湾流的任何一个深度，都会有一只鱼饵在他所希望的位置等着任何游到那里的鱼儿来吃。别的渔夫让鱼饵随水流漂着，有时鱼饵在六十英寻深的时候，渔夫们还以为是在一百英寻呢。

但是他想，我的鱼饵下得多准啊，只是再也交不上好运了。不过谁知道呢？也许今天就转运了呢。每天都是新的一天。那么最好还是交好运吧。但我情愿做得准确。这样运气来的时候我已经准备好了。

两个小时过去了，太阳升得更高了。他往东望去时，眼睛不再感到那么痛了。现在只能看到三只船了，它们显得很低，远远的，靠近海岸。

这一辈子，早晨的阳光总是刺痛我的眼睛，他想，但它们还是那么好使。傍晚时分，我能直接盯着太阳看，眼前也不会发黑。阳光的力量在傍晚更强些，但是早晨的却刺眼。

就在这时，他看到一只长翅膀的黑色军舰鸟在前方的天空盘旋。它斜着后掠的翅膀突然迅速向下俯冲，然后又开始盘旋。

"它一定是逮住了什么东西，"老人说出声来，"它可不光在看着。"

老人缓慢而平稳地向鸟儿盘旋的地方划去。他不慌不忙，保持鱼线上下垂直。但是他把船往洋流中顺了一下，这样就既能保持鱼线位置，又比刚才没准备利用这只鸟儿时行进得更快一些。

鸟儿往空中飞高了一些，又盘旋起来，翅膀一动不动。突然间它一下潜入水中，老人看到飞鱼猛地跃出水面，拼命地往海洋上空掠去。

"海豚，"老人说出声来，"大海豚。"

他把桨搁在一边，从船尾下面拿出一根细钓线。钓线上有鱼线接口和一个中号钓钩，老人拿了一条沙丁鱼钩在上面做饵。他把钓钩抛到船一侧的水中，把上端紧紧地系在船艄的一个环形螺栓上。接着他又在另一根钓线上装上鱼饵，把线卷好放在船尾的阴影里。他又划起船来，望着那只长翅膀的黑鸟低低地飞在水面上觅食。

他看着那鸟儿又再次斜着双翅俯冲到水中，猛烈而又徒劳地拍打着翅膀，追逐着飞鱼。老人看到那些大海豚追赶逃跑的鱼儿时，海面被挤得微微隆起。海豚们在飞鱼身下的水里高速前进，飞鱼落入水里的时候，它们就等在那里了。这可是一大群海豚啊，他想。海豚到处都是，飞鱼很难逃脱。就连那只鸟儿也没机会逮到鱼了。飞鱼对鸟儿来说太大了，而且它们又跑得太快。

他看到飞鱼一次又一次地破水而出，鸟儿一次又一次地徒劳无获。那群鱼已经从我身边游走啦，他想。它们游得太快太远了。但是说不定我能捉到一条掉队的，说不定我的大鱼就在它们附近呢。我的大鱼一定是在什么地方。

陆地上空的云彩这时像山峦一样耸立着，海岸成了一条长长的绿线，背后衬着灰蓝色的小山。海水变成了深蓝色，深得几乎发紫了。向水里望去，老人看到了红色浮游生物在深色的海水里来回穿梭，还有阳光照入水中所产生的奇异的色彩。他看着自己的钓线在水里垂直下沉直到看不见了。老人看到这么多的浮游生物很开心，因为这说明附近有鱼。此时太阳升得更高了，阳光在水中变幻出奇异的色彩，这说明天气不错，陆地上空云朵的形状也说明了这一点。这时鸟儿几乎看不见了，海面上空无一物，只漂浮着几摊被太阳晒得褪了色的黄色马尾藻，一只僧帽水母在船边浮动着，它那凝胶状的气囊发紫，摆出一定的形状，闪现出彩虹般的颜色。它向一边翻个身，然后再翻回来。它像一个泡泡一样高兴地漂浮着，致命的紫色长须在它身后的水里拖出一码那么长。

"水母，"老人说，"你这婊子。"他从轻轻摇桨的地方望下去，看到一些和水母触须一样颜色的小鱼，它们在触须之间和气囊所产生的小阴影下浮游着。它们对水母的毒素免疫。但是人可就不同了，要是老人正把一条鱼拉上来时，假若那紫色触须黏在钓线上，老人的胳膊和手就会灼伤起泡，就像毒葛中毒一样。但是这些水母毒素发作得很快，就像被鞭子抽一样的疼。

这些有着彩虹般颜色的泡泡非常美丽，但是它们是海洋里最具有欺骗性的生物了。老人喜欢看大海龟吞吃它们。海龟一看到它们就先从正面接近，然后再闭上眼睛，这样就可以完全躲在龟壳里把水母连身子带触须全部吃掉。老人喜欢看海龟吃水母，也喜欢在暴风雨后的海滩上用长满老茧的双脚把水母踩破，听那啵的一声响。

他喜欢绿海龟和玳瑁，它们体态优美、速度迅捷、价钱极高，对那些体型庞大、笨手笨脚的红海龟则有一种不怀恶意的蔑视，它们的龟壳是黄色的，做爱的方式很奇怪，高高兴兴地吞吃僧帽水母时总是闭着眼睛。

他对海龟并没有什么神秘的看法，尽管在捕龟船上待过很多年。他为所有的海龟，甚至有小艇那样长、重达一吨的大海龟都感到难过。大多数人对海龟很麻木，因为海龟被宰杀分切后，心脏还可以跳动几个小时。但是老人心想，我也有和它们一样的心脏，我的手和脚都和它们的很像。吃海龟白色的蛋可以给他力量，而整个五月他都在吃海龟蛋，这样九月和十月去捕真正的大鱼时，就会有足够的力气。

每天他都会在很多渔夫放渔具的小屋里的一只圆桶中舀出一杯鲨鱼肝油来喝。桶就放在那儿，想喝的渔夫都可以去喝。大多数渔夫讨厌那种味道，但这不比清早起床的感觉更糟，而且鲨鱼肝油会有助于预防感冒，对眼睛也好。

这时老人抬头一看，发现鸟儿又在盘旋了。

"它发现鱼了。"他说出声来。并没有飞鱼跃出水面，也没有那种做鱼饵的小鱼四散逃开。但是老人望着望着，看到一条小金枪鱼跃入空中，转了个身，又头朝下掉入水中。在阳光中，金枪鱼银光闪闪，它们一条接一条地四处乱跳，搅得海水翻腾起来，它们长跳着追赶小饵鱼，四面合围驱赶着它们。

它们要不是游得这么快，我可以划到它们中间去，老人想。他眼看着鱼群搅得海水泛着白色的水花，鸟儿这时俯冲下来，扎到水中衔起慌乱中被迫逃到水面上的小饵鱼。

"这鸟儿可真是个好帮手。"老人说。正在这时，他脚下连着船尾的那根钓线突然一紧，他在脚上还缠了一道钓线。他把船桨放下，握紧了鱼线，感觉到小金枪鱼颤抖着拉扯的分量，他开始把它往起拉。他越往船里拉，那种颤抖就越加剧，他能看到水中那条鱼蓝色的脊背和金色的两侧，然后一把拉了上来，鱼越过船侧，甩进了船舱。它躺在洒满阳光的船尾，身体呈子弹形，密实紧凑，睁着一双大而痴呆的眼睛。它那干净灵巧的尾巴迅速甩着，不停地颤巍巍地拍打着船板，直到把生命耗尽。老人出于好意，猛击一下它的头，又踢了一脚。在船艄的阴影里，鱼身还在颤抖。

"长鳍金枪鱼，"他大声说，"做鱼饵可不错啊，总有十磅吧。"

他不记得从何时起，独自一人时开始自言自语了。很久以前他一个人的时候会唱唱歌，有时是在夜里，那时他独自一人在小渔船或是捕龟船上掌舵。大概是男孩离开他，他一个人待着的时候，开始自言自语了。但他记不太清了。他和男孩一起捕鱼时，除非有必要，通常都不怎么会讲话。他们会在夜里说话，有时碰到坏天气，被暴风雨所困时也会说话。在海上避免不必要的讲话被认为是一种美德，老人也一直这么认为的，并且始终奉行着。但如今他很多次说出声来，因为没有旁人会受到他的打扰。

"要是让别人听到我这么讲话，他们会认为我疯了，"他说出声来，"不过既然我没疯，就不介意他们这么想了。而且有钱人船里会有收音机跟他们讲话，还能听到棒球赛的消息。"

现在可没工夫去想棒球赛了，老人心想。现在只能想着一件事，我生来就是干这个的。那群鱼附近可能有条大鱼跟着，他想。我只逮住了一条吃小鱼时离群的长鳍金枪鱼。它们正在往远处游，游得那么快。今天凡是在海面上露面的都游得很快，是向着东北方向游的。这是不是一天的大好时候？或是有什么我不知道的天气征兆？

他现在已经看不到海岸那一线绿色了，只能看到蓝色的山顶上现出一圈白色，好像覆盖着积雪以及山峦上空如同高耸的雪山一般的云朵。海水的颜色很深，阳光在水中折射出彩虹般的七色。浮游生物身上无数的小斑点，此时由于太阳升到高高的空中已经看不到了。老人只能看到阳光在蓝色的海水中折射出来的巨大的七彩色，他看着钓线垂直沉入一英里处的海里。

金枪鱼又沉入海里了。渔夫们把这种鱼都叫作金枪鱼，只有出售或是拿它们换鱼饵时才会分门别类地叫。阳光此时热辣了起来，老人感到颈后发烫，划船的时候感觉到汗水顺着脊背往下淌。

我可以就这么漂着，他想，睡上那么一觉，只要在脚趾头上缠上钓线就可以了，这样有鱼来就可以叫醒我了。但是今天都第八十五天了，我得好好捕次鱼。

正在这时，老人盯着他的钓线，发现其中一根青皮的鱼竿正猛地下沉。

"来了，"他说，"来了。"他把船桨放下，没让小船颠簸一下。他伸手去拉钓线，轻轻地把线夹在右手的大拇指和食指之间。他还没感觉到线上的拉力或是重量，就轻轻地扯住线。接着线又动了。这次是尝试性地一拉，拉得不紧也不重，他清楚地知道是什么鱼了。一百英寻的水底，一条马林鱼正在吃裹在钓钩和钩身上的沙丁鱼，而手工制作的钓钩则从小金枪鱼的头里钩出来。

老人轻巧地握住线，轻轻地用左手把它从鱼竿上解开。

现在他可以让它在指尖滑动，而不让鱼感觉到一点儿牵引力。

离岸那么远的地方，这个月份的鱼一定很大了，他想。吃吧，大鱼。吃吧。请把鱼饵吃了吧。

这些鱼饵多新鲜啊，你在六百英尺的那么冷的黑暗的水里。在黑暗里转一圈，再回来把鱼饵吃了吧。

他感到钓线被轻轻地一扯，接着就是猛地一拉，肯定是沙丁鱼的头很难从钓钩上被扯下来。然后就没有动静了。

"来吧，"老人说出声来，"再转一圈吧。闻闻鱼饵，多香啊！趁新鲜的时候吃吧，吃完还有金枪鱼呢。又硬又凉，美味可口。别害羞，鱼儿。快吃吧。"

他把线夹在拇指和食指之间等着，仔细盯着这根线，同时又注意着其他几根。鱼儿很有可能上下游动呢。接着，钓线又被同样轻巧地扯了一下。

"它要吃啦，"老人说出声来，"上帝保佑它吃饵吧。"

可它终究没有吃。大鱼游走了，老人什么动静都感觉不到了。

"它不可能游走了，"他说，"耶稣知道它不可能游走了。它肯定是转了个圈。可能它从前被钩住过，现在还有点儿记得。"

接着他感到钓线被轻轻地碰了一下，老人很高兴。

"它刚才不过是在转身，"他说，"它会吃鱼饵的。"

他很高兴感觉到钓线正被轻轻地扯着，接着突然被猛地一拉，很有分量，令人难以置信。这正是大鱼的重量，他让线一直溜下去，溜啊溜，同时解开了两个备用卷线的第一卷。线在老人的指间轻轻地往下滑，他依然能感觉到大鱼巨大的重量，尽管他的拇指和食指之间施加的压力已经微乎其微了。

"好大的一条鱼啊，"他说，"鱼饵横在它嘴里，它现在正衔着它走呢。"

然后它会转身把鱼饵给吞下去的，他想。他没把这话说出来，因为老人知道一件好事若是说了出来，就可能不会发生了。他知道这是一条很大的鱼，想着这鱼正在黑暗里游走，嘴里横衔着金枪鱼。就在这时，他感到大鱼不再游了，但线上的重量还在。接着重量增加了，老人把线放得更长。他一时加大了拇指和食指间的压力，重量又增加了，而且还在直直地往下坠。

"上钩了，"他说，"现在我要让它好好吃一顿。"

他让线从指间滑下去，同时伸出左手把两个备用卷线的一端紧紧系在另一根钓线的两个备用卷线的环上。现在他准备好了。他如今有三个四十英寻长的备用卷线了，加上他现在正在用的这根线。

"再多吃一点，"他说，"好好吃一顿。"

把鱼饵吃下去，这样钓钩的尖儿就会刺进你的心脏，要你的命，他想。乖乖地浮上来，让我把渔叉刺进你的身体里。好的，你准备好了吗？你吃饭的时间够长了吧？

"来吧！"他说出声来，双手猛拉钓线，扯上来一码的线，然后双臂交替不停地用力往上拉，他使出了全身的劲，以身体的重量作为支撑。

一切都是徒劳。大鱼只是慢慢地游开，老人哪怕把它拽上来一英尺也办不到。他的钓线很结实，是专门用来捉大鱼的。他把线横跨在背上使劲拉，直到钓线绷得太紧，水珠从中迸溅出来。接着水里开始发出缓慢的咝咝声，老人依旧攥着钓线，身体死命地抵住座板，仰着往后靠，以抵消钓线所带来的拉力。小船开始缓缓地朝西北方向驶去。

大鱼平稳地游着，老人和它在平静的水面上缓慢地前行。其他的鱼饵还在水里，但是已经无暇顾及了。

"我真希望那孩子在我身边，"老人说出声来，"我正被一条鱼拖着，我就是那栓钓线的柱子。我可以把线再收紧点儿。但要是那样的话，大鱼会把线扯断的。我必须全力扯住它，必要的时候把线放出去。感谢上帝这大鱼是在往前游，而不是往下游。"

它要是决心往下游，我可不知道怎么办了。它要是潜入海底，死在那儿了，我也不知道怎么办了。但我得做点什么。我能做的事还有很多。

他用背扛着线，看着它斜在水中，而小船则平稳地朝西北方向驶去。

这会要了它的命，老人心想。它总不能一直这么拖着吧。但是四个小时过去了，大鱼依然拖着小船平稳地往外海游去，钓线还是紧紧地扛在老人背上。

"我钩住它的时候是中午，"他说，"可我一直没见着它。"

钓到大鱼之前老人把草帽紧紧地扣在头上，如今草帽却把他的脑门勒得生疼。他也觉得口渴，于是双膝跪了下来，小心翼翼地不去扯动钓线，一直挪步到船尾，再用一只手够到了水瓶。他打开水瓶，喝了一点儿。然后他靠着船尾歇了一会儿。他坐在从桅座上拔下的桅杆和帆上面，尽量什么都不想，忍受着这一切。

他往身后望去，再也看不到任何陆地。这没什么关系，他心想。我总可以靠哈瓦那的灯火指引着回去的。日落前还有两个多小时，也许在此之前大鱼会上来的。若是那个时候还没上来，也许会随着月亮一起浮上来的。再不然就随着日出一起浮出来吧。我的肌肉还没抽筋，我感觉很有力气。嘴里有钓钩的可是它啊。但是把钓线拉成这样的是怎样的一条大鱼啊。它肯定是嘴巴紧咬着线的。我真希望能看到它。只要一眼就好，让我知道跟我对抗的到底是谁。

大鱼一整夜都没有改变行程和方向，老人根据天上的星星可以辨识出来。太阳落山后，空气变冷了，老人身上的汗都干了，冷冷地贴在脊背、手臂和衰老的双腿上。白天的时候他把盖在鱼饵盒上的袋子拿出来，铺在太阳下晒干。太阳落山后他把袋子系在脖子上，披在背上，并且小心地把它挪到背上的那根钓线的下面。袋子垫在钓线下面，他可以前倾靠着船头，这样舒服些。这种姿势其实只不过是不那么难受了，但他却认为已经很舒服了。

我拿它没办法，但它也拿我没办法，他想。只要双方都这么撑着，谁也不能拿谁怎么着。

有一回他站起身来，在小船的一侧朝海里撒了泡尿。他抬头看了下星斗，核对他的航向。钓线从他的肩上直伸进水里，像一道闪闪发亮的磷光。他们现在行进得更缓慢了，来自哈瓦那的灯火不那么明亮了，于是他知道水流定是把他们带向了东方。如果我看不到哈瓦那耀眼的灯火了，那我们肯定是到了更东的地方，他想。要是大鱼的航向一直不变的话，我还能好几个钟头都看得到这灯火呢。不知道今天的棒球大联赛打得怎么样了，他想。要是有个收音机就好了。接着他想，别总惦记着这事儿，想想你现在在做的事吧，可不能做蠢事啊。然后他说出声来，"我真希望男孩在我身边，这样他就能帮我的忙，还能看到现在的情形。"

任何人年老的时候都不应该独自一人，他想。但这是不可避免的。我可得记住在金枪鱼坏掉之前把它吃了，这样才能保持体力。记住，不管你多么不想吃，也得在早上把它吃掉。记住啊，他对自己说。

夜里有两只鼠海豚游到船边，老人能听得到它们在水里翻腾和喷水的声音。他能辨识出雄鼠海豚的喷水声，和雌鼠海豚的叹息声。"它们好啊，"他说，"它们一起玩耍、嬉戏、相亲相爱。它们和飞鱼一样是我们的好兄弟。"

接着他开始同情起他钓到的这条大鱼了。这鱼如此奇妙、特别，不知道它有多大年纪了，他想。我可从来没有遇到过这么强壮的大鱼，也没见过哪条鱼行动这么奇特。也许它太聪明了，所以不跳出来。它只要一跳或者往前急冲就可以让我完蛋。但有可能它被钩住很多次了，所以知道这样才是它应战的方法。它可不知道只有一个人在对抗它，而且还是个老头子。但这是条多大的鱼啊，要是鱼肉上好的话，不知道能在市场里卖多大一笔钱呢。它咬饵的时候像条雄鱼，拉扯钓线的时候也像条雄鱼，它应战的时候丝毫没有慌乱。天知道它有没有什么打算，还是和我一样在玩命呢？

他记得有一次他钓上了一对马林鱼中的一条。遇到吃的雄鱼总是让雌鱼先吃，雌鱼上钩后慌乱、狂躁、拼命地挣扎，很快筋疲力尽，而雄鱼自始至终都陪着它，对着钓线往来穿梭，陪着雌鱼在水面上打圈子。那雄鱼离得太近了，老人担心它会用像大镰刀一样锋利的尾巴把钓线割断，那尾巴的大小和形状都像把大镰刀。老人用渔钩把雌鱼叉住，用棍子打它，抓住它的长嘴狠劲打它的头，那嘴像把细剑，边沿粗糙得像砂纸，鱼头被打成了镜子背面的绛色。接着，男孩帮助把雌鱼吊上了船，而雄鱼一直待在船边。当老人清理钓线，整理渔钩的时候，那条雄鱼突然从船边高高地跃上空中，去看雌鱼在哪里。然后落下去，潜入深深的水底，它那淡紫色的双翼，也就是它的胸鳍，大大地张开，露出了身上所有的淡紫色的宽条纹。它非常美丽，老人记得，它一直待在那儿不走。

这是我在它们身上见过的最悲伤的事，老人心想。男孩也很伤心，我们乞求雌鱼的宽恕，迅速地把它宰了。

"我真希望男孩能在这儿。"他说出声来，边把身子靠在船尾被磨圆的船板上。从他肩上的钓线，老人感觉着大鱼的力量，它正朝它选择的方向平稳地前行着。

它一旦中了我的圈套，就不得不做出选择了。老人心想。

它的选择是待在幽深黑暗的海水里，远离所有的陷阱、圈套和阴谋。我的选择就是到所有人都未到过的地方去逮住它。世界上所有的人都未去过的地方。现在我们被连在一起了，从中午开始就如此。没有人来帮助我们中的任何一个。

也许我不该做个渔夫，他想。但是我生来就是干这行的。我一定得记得在天亮之前把金枪鱼给吃了。

拂晓前，有个东西咬住了他身后的鱼饵。他听到鱼竿折断的声音，钓线开始越过船舷急速地往外滑去。黑暗中，他抽出鞘里的刀，用左肩承受了大鱼带来的所有的压力，身子往后靠，就着船舷砍断了钓线。接着他砍断了离他最近的那根钓线，摸黑把两卷备用线圈松的两头系在一起。他灵巧地用一只手做着这些事，把结打牢时，一只脚踩住线圈，免得移动。如今他有六卷备用线圈了。刚才砍断的钓线上各有两个线圈，被大鱼咬住鱼饵的那根钓线上也有两个，现在所有的线圈都连在一起了。

他想，天亮以后我得回头把那个鱼饵放在四十英寻深处的钓线也砍断，把剩余的卷线都连在一起。我会损失两百英寻长的上好的卡塔卢尼亚钓线、钓钩和渔线扣。这些还可以再配，但要是我钩上了其他的鱼，而把这条大鱼给弄丢了，那怎么补得回来呢？我不知道刚才咬饵的是什么鱼。也许是条马林鱼，或者剑旗鱼，或者是头鲨鱼。我还没来得及判断。我得尽快把它处理掉。他说出声来，"我真希望男孩能在我身边。"

但是男孩并不在你身边，他想。你只有自己一个人，最好回到最后那根钓线那儿，不管天黑不黑，把钓线砍断，连上剩余的两卷线圈。

他就这么做了。摸黑做事情很困难，有一次大鱼猛地一冲，把他脸朝下拽倒在地，眼睛下面划破了一道口子。血顺着面颊淌了下来，但是还没流到下巴的时候就凝固干掉了。老人重新回到船尾，靠在木头上休息。他把袋子调整好，小心翼翼地把肩上的钓线挪到一个新位置，用肩膀把线固定住，他谨慎地感觉着大鱼的拉力，用手感觉着小船在水中航行的情况。

不知道这鱼为什么刚才乱动了一下，他想。钓线肯定是在它山一样的脊背上滑了一下。它的脊背当然没有我的那么疼痛。但它不可能把小船永远拖着，不管它力气有多大。现在一切惹麻烦的东西都清理掉了，我还有一大卷线，一个人能要求的也就这么多了。

"鱼儿，"他轻轻地说出声来，"我会一直和你在一起，直到我死。"

考点提炼

1. "在海上避免不必要的讲话被认为是一种美德"，老人又为什么总是"说出声来"？

答案：①捕鱼的时候说话会影响鱼儿上钩，尤其是当身边有其他渔夫时，如果影响到别人钓鱼，这是很不礼貌的。②但自从老人独自一人钓鱼以来，"说出声来"就不会打扰到旁人了；而独自钓鱼毕竟孤独，因此老人偶尔把一些强烈的心理活动不自觉地"说出声来"。

解析

老人说他大概是在男孩离开他后，开始独自一人时自言自语的，这正是由于老人感到了孤独，毕竟老人自己也说，"任何人年老的时候都不应该独自一人。"其实，海明威也是一个孤独的作家，他的小说中塑造的很多人物都是孤独的硬汉。但是，正如老人并不一味沉溺于孤独中，也不是消极地逃避孤独，而是着眼于现实，在孤独中实现自我的价值。所以，老人并不是没有常人的弱点，而是他不会被这些弱点打败，并且很快着手于眼前点滴的事务，从而超越这些弱点。所以老人的孤独不是弱者的孤独，而是强者的孤独。

2. 选文中一共出现了几次老人对男孩的期待？这是否体现了老人的孤独和无助？

答案：共有4次。老人期望男孩在自己身边，体现了老人暂时的孤独和无助，但这都是短暂的，因为老人总能很快回到现实的事务中来。

 解析

　　这四次所处的境况分别是：①拽起大鱼无望而开始被大鱼拖着走的时候；②黑夜中拽着钓线走神的时候；③想起过去和男孩一起钓到一条马林鱼的时候；④深夜砍断有鱼上钩的钓线的时候。不可否认这些时刻都是困难或者动情的时刻，老人本能地想念男孩，但老人总能很快从想念中回到现实的"苦差"，正如老人所说，"但是男孩并不在你身边，你只有自己一个人，最好回到最后那根钓线那儿，"而这才是真正的、有血有肉的硬汉！

第八十六天

　　第八十六天的整个日夜，老人都被大鱼拖着向大海深处游去。一个人，一条鱼，在辽阔的大海上进行着一场异常艰辛的拉锯战。清晨，老人把男孩给的金枪鱼吃了，吃鱼的过程中，老人的左手抽筋了，一直到中午才好。在这孤独而疲惫的漫长旅程中，老人与海鸟说话，与大鱼说话，与太阳月亮星星说话，同时要和自己肉体和精神上的痛苦和消极做斗争。老人欣赏敬重大鱼，把它称作自己的兄弟，他一方面希望喂大鱼吃点东西，另一方面又不想让它休息，大概只有这样他才能公平地战胜大鱼。

我觉得它也会一直陪着我的，老人心想，一边等待着黎明的到来。破晓之前的这段时间很冷，他紧贴着木头保暖。它能撑多久，我就能撑多久，他想。在第一道晨光中，钓线从小船外延伸出去，直直地进入到水里。小船平稳地前行。太阳露出一角时，钓线正在老人的右肩头上。

"它在朝北游呢。"老人说。水流会把我们远远地带向东方，他想。我希望它能随着水流拐个弯。这说明它渐渐疲倦了。

太阳升起后，老人发现大鱼并未疲倦。如今有的只是一个好兆头。钓线的倾斜度显示大鱼潜水的深度不如以前了。这并不意味着它一定会跳出来。但也有可能。

"上帝让它跳出来吧，"老人说，"我有足够的线来对付它。"

也许我把钓线稍微拉紧一点儿，大鱼感觉到疼痛就会跳出来了，他想。反正现在是白天了，就让它跳吧，这样它沿着脊背的气囊里就会充满空气，它就不会沉到海里去死了。

他试着把钓线拉紧一点儿，但是自从鱼上钩以来，钓线已经绷得快断了，他往后仰着一拉，发现钓线紧绷绷的，他知道不能再用力拉紧了。我千万不能用力一扯，他想。每扯一下，钓钩在大鱼身上的伤口就会被拉大一些，那么它若是跳了起来，有可能把渔钩给甩掉。不管怎样，太阳出来了，我感觉好多了，至少这次我不用盯着太阳看了。

钓线上缠上了一些黄色的水草，但是老人知道这只会给鱼增加额外的拉力，所以他很高兴。正是这种黄色的海湾水草在夜晚发出闪闪的磷光。

"鱼儿，"他说，"我爱你，而且非常敬重你。但是今天结束前我会杀了你。"但愿如此，他想。

一只小鸟从北边向小船飞来。那是一只鸣鸟，低低地掠过水面。老人看得出它非常疲倦。

鸟儿飞到船艄，停在那儿休息。然后它绕着老人的头飞了一圈，停在了钓线上，那儿它觉得更舒服些。

"你多大了？"老人问它。"这是你第一次出门吗？"

老人讲话的时候，鸟儿看着他。它太累了，也没有细看这钓线。它用那灵巧的双脚紧紧抓住钓线，在上面晃来晃去。

"这线稳着呢，"老人告诉它。"稳得很。这样一个无风的夜里，你不该这么疲倦啊。你们鸟儿都打算做什么呢？"

他想，老鹰会到大海上来捉小鸟的。但他没有说给鸟儿听，反正它也听不懂，而且它很快就会知道老鹰的厉害了。"好好休息，小鸟，"他说。"然后出发去碰碰运气，像任何人，鸟儿或鱼一样。"

他讲话来给自己鼓劲，因为夜晚他的背已经僵直了，而且现在疼得厉害。

"你要是愿意的话就待在我家吧，鸟儿，"他说，"很抱歉，我不能趁着这点小风把帆升起来，好把你带回去。但我总算有个朋友了。"

正在这时大鱼又猛地一扯，一下把老人拉倒在船头上。要不是他抓得紧，又放出了一些线，早就被拖到海里去了。

钓线猛地一扯的时候，鸟儿飞了起来。老人甚至都没来得及看它飞走。他用右手小心地感觉着钓线的动静，发现手在流血。

"这鱼被什么东西弄痛了吧？"他说出声来，把钓线往回拉，看能不能让鱼转回来。但是线快要被拉断的时候，他稳住了自己，往后靠着来对抗线的拉力。

"现在觉得疼了吧，鱼儿，"他说，"上帝知道，我也一样疼。"

他四处张望寻找那只鸟儿，因为老人喜欢那鸟儿给他做伴。但是小鸟已经飞走了。

你可没待多久啊，老人心想。但是在你上岸之前，你飞去的地方都比这儿艰险。我怎么能让大鱼猛地一拉，划破我的手？我肯定是越来越笨了。也许我正看着那只鸟儿，只顾想着它呢。现在我可得集中精力地做事了，我必须把金枪鱼吃了，这样才不会没力气。

"我希望男孩在这儿，希望手边有些盐。"他说出声来。

他把钓线的重量转移到左肩，小心地跪下来，伸手在海水里清洗，他把手在水里浸了一分多钟，看着血丝慢慢地漂走，海水随着船的前行在他的手上拍打着。

"它游得慢多了。"他说。

老人还想把手在水里多浸一会儿，但他担心大鱼又会突然乱动，于是站起身来，稳住身子，举起那只手，朝着太阳。不过是钓线勒了一下，把肉割破了。不过这正是他工作最用得着的地方。他知道在这件事结束之前他还需要这双手，不喜欢没开始前就把手给割破了。

"现在呢，"看到手晒干了，他说，"我必须得吃掉小金枪鱼了。我用渔钩能够到它，然后在这儿舒舒服服地吃。"

他跪下来，用渔钩在船头下面戳到了金枪鱼，小心不让它碰到卷线，把它钩了过来。他再次把钓线换到了左肩，左手和左胳膊支撑着身体，从渔钩上取下金枪鱼，又把渔钩放回原处。他用一只膝盖压着鱼，从鱼头到鱼尾割下一条条暗红色的鱼肉。这些鱼肉有着楔形的断面，他顺着脊骨开始割，割到鱼肚子边，共六条鱼肉。老人把鱼肉平铺在船头的木板上，在裤子上擦干净刀子，拎起鱼尾巴，把鱼骨头丢进海里。

"我觉得吃不下一整条鱼。"他说着，在鱼条上横切了一刀。他能感觉到大鱼一直在稳稳地紧拉着钓线，他的左手抽筋了，僵硬地握着粗重的钓线，他厌恶地看着这只手。

"这到底是什么手啊，"他说，"抽你的筋去吧。最好抽成一只爪子。可这对你没什么好处。"

快点，他心想，望着斜在黑黢黢的水里的钓线。现在快把它吃了吧，这样手才会有力气。这可不是手的错，你都跟这鱼耗了好几个钟头了。但你会一直跟它耗下去的。快把金枪鱼吃了吧。

他拿起一片鱼，放进嘴里慢慢地咀嚼着。味道还不坏。好好地咀嚼，他想，把汁儿都咽下去。要是再加上一点酸橙，或者柠檬，或者盐，那味道可不坏。

"你感觉怎么样了，手啊？"他问那只僵直得像死尸一样的手。"我会为你多吃点的。"他吃了切成两半的鱼肉的另一半，在嘴里仔细地咀嚼着，然后把鱼皮吐了出来。

"怎么样了，手啊？是不是现在还答不上来？"他又拿起一整块嚼了起来。

"这可是条强壮而血气旺盛的鱼，"他想。"我真幸运逮到了它，而不是海豚。海豚肉太甜了。这条鱼一点都不甜，还保留了所有的元气呢。"

还是讲究实际最有用，他想。我希望能有点盐就好了。我还不清楚太阳会不会让剩下的鱼肉变味或是变干，所以我最好还是全吃了，尽管我不饿。大鱼现在安静又平稳。我会把鱼肉都吃了，这样就准备充分了。

"耐心点，手啊，"他说，"我可是为了你在吃啊。"

我希望能喂大鱼吃点东西，他想。它是我的兄弟。但我必须得保持体力，然后宰了它。他认真而又慢悠悠地把全部的楔形鱼条都吃了。

他挺直了腰，手往裤子上擦了擦。"现在呢，"他说，"手啊，你可以放开钓线了，我只用右胳膊来对付它，直到你不再胡闹了。"他左脚踩着先前左手握着的钓线，身子往后倒，用背抵住来自钓线的拉力。

"上帝帮帮我，让我别再抽筋了，"他说，"因为我不知道大鱼还要怎么样。"

但是大鱼仿佛很冷静，他想，而且正在按计划行动。但是它打的什么主意呢，他想，我的计划又是什么呢？我的计划就是见机行事，因为它实在太大了。要是它跳出来，我就宰了它。但是它却一直潜在水底不出来。那我只能奉陪到底了。

他把抽筋的手往裤子上擦擦，试图让手指松动松动，但手指却分不开了。也许太阳出来了就能分开了，他想。也许等我把那条强壮的生金枪鱼消化了，手指就能分开了。如果我非得需要这只手，我会把手指分开的，无论付出什么代价。但我现在可不想强来。就让它自己张开，自动恢复吧。夜里为了解开那几根钓线，我毕竟让它受苦了。

他往海面上望去，意识到自己是多么孤单。但是他可以看到幽暗的海水深处彩虹般的七色，前方延伸的钓线以及平静的海面上奇特的波动。由于信风的吹拂，云朵开始聚集起来。他往前方望去，一群野鸭正从海面上空飞过，它们的身影在天空的映衬下显得格外清晰，一会儿这身影模糊起来，然后又变得清晰。他认识到，在海上没有人是真正孤单的。

他想起有些人在小船上看不见陆地时，会感到恐惧，这种感觉在天气突变的那几个月是可以理解的。但是如今正是刮飓风的月份，在这些日子里，没有飓风的天气是一年中最好的。

飓风来临时，如果人在海上，总是可以提前几天在天空中看见些预兆。人们在陆地上往往看不到，因为他们不知道应该观察什么，他想。陆地也造成了云朵形状的不同吧。但是眼下不会刮飓风的。

他望着天空，白色的积云堆积起来，像是一层层美味的冰激凌，而在高高的上空，九月的天空映衬着稀疏羽毛状的卷云。

"轻微东北风，"他说，"这种天气对我来说比对你要有利啊，鱼儿。"

他的左手仍在抽筋，但是他正慢慢地把手指张开。

我讨厌抽筋，他想。这是对自己身体的背叛。由于食物中毒而腹泻或者呕吐是在别人面前丢人。但是抽筋（他认为是痉挛），是在自己面前丢人，尤其是一个人独处时。

要是男孩在这儿，他会帮我揉揉的，从前臂往下揉松，他想。但是它自己会松开的。

然后，他的右手感觉到钓线的拉力和之前有所不同，接着他看到了水中斜线的变化。老人紧靠着钓线，左手重重地快速拍打自己的大腿，这时他发现斜着的线在慢慢上升。

"它要上来啦，"他说，"手，快松开。快松开吧。"

钓线缓慢而又平稳地上升，接着小船前方海面隆起来，大鱼出来了。它不停地往上冒，海水从它身上往两边倾泻。阳光下的大鱼非常光亮，它的头部和背部呈暗紫色，身子两侧的条纹在太阳下显得宽阔，带着淡紫色。它那如棒球棒一样长的尖嘴像一把细剑，它全身都从水里露出来，然后又平滑地像个潜水员一样潜入水中。老人看到它大镰刀一般的尾巴游进水里，钓线开始迅速往外滑。

"它比这只船还要长两英尺。"老人说。钓线又快又稳地往外滑，大鱼并没有惊慌失措。在不把钓线扯断的范围内，老人尽力用双手拉住钓线。他知道如果不能持续施加压力稳住大鱼，它就会扯走全部的线，然后绷断它。

它是一条了不起的大鱼，我一定得把它制服，他想。我千万不能让它知道它的力气有多大，也不能让它知道要是拼命逃跑会把我害成什么样子。我要是它的话，现在肯定使出全身的力气一直往前冲，直到把什么东西都绷断为止。但是，感谢上帝，这些鱼儿可不如我们这些宰杀它们的人聪明，尽管它们比我们要更高贵、更能干。

老人曾经见过很多大鱼。他见过重达一千多磅的鱼，这辈子也曾捕到过两条那么大的，但都不是独自一人。现在他独自一人，在这远离陆地的地方，和他所见过的最大的鱼，这条甚至比他听说过的还要大的鱼紧紧地拴在一起。他的左手依旧蜷着，像紧握的鹰爪。

它总会松开的，他想。左手一定得松开来帮右手的忙啊。这儿有三样东西是兄弟：大鱼和我的双手。它一定得松开，抽着筋它就没用了。大鱼慢了下来，用它通常的速度游着。

不知道它为什么要跳出来，老人心想。它跳出来几乎就像是给我看它有多大。不管怎样，我现在是知道了，他想。我希望能让它看看我是什么样的人。不过这样一来它就会看到我这只抽筋的手了。就让它以为我比实际上更爷们，那我就会更爷们。我希望自己就是大鱼，他想，用它所有的力量来对抗我的意志和智慧。

他舒服地靠在木头上，忍受着一阵阵袭来的疼痛。大鱼平稳地游着，小船在黑黢黢的海水中缓慢地前行。东方来的风使大海起了一阵小浪，到中午时分，老人的左手不再抽筋了。

"鱼啊，这对你来说可是个坏消息。"他说着，把钓线从搭在他肩头的袋子上挪了一下位置。

他感到很舒服，也很痛苦，尽管他一点也不承认这是痛苦。"我不信教，"他说，"但是只要能捕到这条鱼，我愿意念十遍《天主经》，十遍《圣母经》。而且我发誓，要是捉到它，我一定去考伯圣母那儿朝圣。我发誓。"

他开始机械地祈祷。有时老人太疲倦而忘记了祷告词，他就会快速地念着，这样祷告词就会自动脱口而出了。《圣母经》比《天主经》容易念，他想。"万福玛利亚，满被圣宠者，主与尔偕焉。女中尔为赞美，尔胎子耶稣，并为赞美。天主圣母玛利亚，为我等罪人，今祈天主，及我等死候。阿门。"接着他补充了几句："万福的圣母，请保佑这条鱼死去吧，尽管它是那么的了不起。"

把祈祷文念完之后，他感觉好多了，但依然和刚才一样疼痛，也许还要疼一些。他靠在船头的木头上，开始机械地活动起左手来。这时阳光很热，虽然微风正在轻柔地吹拂。

"我最好把船尾外的那根钓线重新装上鱼饵，"他说，"如果大鱼决定再跟我耗上一个晚上，我就还得再吃点东西，而且瓶子里的水已经不多了。这里除了海豚，恐怕也捉不到别的什么鱼。但是海豚要是趁新鲜吃，味道也不坏啊。希望今晚能有一条飞鱼飞到船上来。但我这儿没灯光，没法吸引它们。飞鱼生吃的话味道好啊，而且我也不用把它切成一块一块的。我现在必须得保存所有的力气。天啊，我真不知道这鱼有这么大！"

"但我总会宰了它的，"他说，"不管它有多么了不起，有多么神气。"

尽管这并不公平，他想。但我要让它看看人有多大能力，人又有多强的耐力。

"我告诉过男孩我是个不同寻常的老头儿，"他说。"现在就是我要证明这一点的时候了。"

他已经证明过一千次，但这都不算。现在他得再证明一次。每一次都是一次新的开始，而他在证明的时候从未想到过过去。

希望大鱼睡一觉，这样我也能睡一下，好梦见狮子，他想。为什么梦里剩下的主要是狮子？千万别想，老头儿，他对自己说，现在就轻轻地靠在木头上休息会儿吧，什么也不要想。大鱼在忙着呢，你越少费劲越好。

时间已是午后了，小船依旧缓慢而平稳地前行着。但是现在来自东方的微风给船增加了阻力，老人随着小小的海浪缓缓地向前驶去，绳索勒在背部产生的疼痛轻了一些。

下午有一次钓线又开始上浮了。但是大鱼只不过是在略高一点的水位上游而已。太阳晒在老人的左胳膊、左肩膀和背上。于是他知道大鱼转向东北方了。

既然见过大鱼一回了，他能想象得出它在水中游动的样子，那紫色的胸鳍像翅膀般展开，竖直的巨大的尾巴划破黑暗的海水。不知道在那么深的海底它能看清多少东西，老人心想。它的眼睛大，马的眼睛小多了，在黑暗中还能看清东西呢。我从前在黑暗里视力也很好，当然不是在那种伸手不见五指的黑暗里，但跟一只猫的视力也差不多了。

阳光，加上他不断活动的手指，使抽筋的左手完全恢复了，他开始让左手多使点力，又耸耸背上的肌肉，好把被绳索勒疼的地方挪个位置。

"要是你一点儿都不疲倦，鱼儿，"他说出声来，"你真是怪物。"

他现在感到非常疲倦，他知道黑夜即将来临，于是试着去想想别的事儿。他想到了大联赛，对他来说，这叫作Gran Ligas，而且他知道纽约的洋基队正在对抗底特律的老虎队。

现在已经是第二天了，我还不知道比赛的结果如何，他想。但我必须得有信心，我必须得配得上对迪马尼奥的喜欢。他做一切事都那么完美，即使脚跟里的骨刺痛得要命。骨刺是什么？他问自己。也就是骨头上长的一根刺。我们身上可没有骨刺。它痛起来的时候是不是跟斗鸡脚上的铁刺刺入人的脚跟时的感觉一样？我觉得我可不能忍受那种疼痛，或是像斗鸡一样被啄瞎了一只眼，甚至一双眼还能继续战斗。人和伟大的鸟类和野兽相比真算不上什么。我还是情愿做那只待在漆黑的海水里的动物。

"除非鲨鱼来了，"他说出声来，"要是鲨鱼来了，愿上帝怜悯我和大鱼。"

你认为那了不起的迪马尼奥能守着一条鱼，就像我一样那么长时间地守着这条鱼吗？他想。我相信他会守得更久，因为他那么年轻力壮。而且他父亲也是个渔夫。不过那骨刺会不会让他疼得太厉害？

"我可不知道，"他说出声来，"我从来就没长过骨刺。"

太阳下山了，为了给自己更多的信心，他回想起有一次在卡萨布兰卡的一家酒馆里和一个力气很大的黑人比手劲。那个来自西恩富戈斯的黑人是码头上最强壮的人。他们的胳膊肘压在桌上的粉笔线上，前臂直立着，两手紧握着，就这么相持了一天一夜。两人都试图把对方的手扳倒在桌上。很多人都在下赌注，人们在煤油灯下走进走出，他看着那黑人的胳膊，手臂和脸。在最初的八个小时过后，他们每四个钟头就换一个裁判，这样裁判们才能睡觉。他和黑人的指甲里都渗出血来，他们盯着对方的眼睛，看着手和胳膊，打赌的人们在屋里走进走出，他们靠着墙坐在高脚椅上看这场比赛。木制的墙壁被刷成了明亮的蓝色，灯光把他俩的影子投射在墙上。黑人庞大的身影随着微风吹动那盏灯，在墙壁上一晃一晃的。

整夜里他们不分上下，人们给黑人拿来了朗姆酒，给老人点了烟。黑人喝了朗姆酒，拼命使出劲来，有一次把老人（那个时候还不是老人，而是冠军圣地亚哥）扳下去三英寸。但老人又扳了回来，让两人又势均力敌了。他相信他赢定这个黑人，这黑人很出色，而且还是个了不起的运动员。黎明时分，打赌的人们要求这场比赛算个平局，裁判摇摇头不同意，这时老人使出浑身解数，把黑人的手往下扳，一直按到桌子上。这场比赛从周日早上开始，周一早晨才结束。很多打赌的人要求算平局，因为他们不得不去码头装载一麻袋一麻袋的砂糖，有的人则是为哈瓦那煤炭公司工作。不然所有的人都想让比赛进行到底的。不过不管怎样他都在大家赶去工作之前把比赛给结束了。

打那以后很长一段时间大家都叫他"冠军"，后来春天又举行了一场比赛。但那场比赛打赌的数目不大，他很容易就赢了，因为他在第一场比赛中就打掉了来自西恩富戈斯的那个黑人的自信心。在那之后他又参加了几场比赛，之后就再没有了。他相信只要他一心想赢，就能够打败任何人。他还觉得这对他用来捕鱼的右手有害。他曾经用左手做过几次练习赛，但左手总是背叛他，不能按他的吩咐行事，他不信任它。

太阳现在会把左手烤好的，他想。除非夜里变冷，它是不会再抽筋了。不知道夜里会发生什么事。

一架飞往迈阿密的飞机从他头顶掠过，老人看着飞机的影子把水里成群的飞鱼惊吓了出来。

"有这么多的飞鱼，这附近肯定有海豚。"他说着，手里扯住钓线，身子往后靠，看能不能把大鱼再拉过来一点。但是不能，钓线绷得紧紧的，水珠在上面抖动着，快要绷断了。小船缓慢地前行着，他望着飞机远去，直到看不见为止。

坐在飞机里感觉一定很奇怪，他想。不知道从那样的高度往下看，大海会是什么样子？要是飞得不太高的话，从飞机上应该能看得见鱼的。我想在两百英寻的高度慢慢地飞着，从上面看鱼。在捕海龟的船上，我待在桅杆顶部的桁梁上，在那样的高度我都能看到很多东西。从那里望去，海豚的颜色还要绿些，你还能看到它们身上的条纹和紫色的斑点，还可以看到它们成群地游水。为什么所有在幽深的水流里游得快的鱼都有紫色的脊背，而且通常它们身上还有紫色的条纹和斑点？当然海豚看起来是绿色的，因为它们实际上是金黄色的。但是在它捕食，特别饥饿的时候，身体两侧紫色的条纹就像是马林鱼身上的条纹一样。是因为愤怒，还是游得飞快才把这些条纹显现出来了？

就在天黑之前，他们经过了一大堆累积成小岛似的马尾藻，它们在大海的柔波里轻轻地荡漾，仿佛海洋正和什么东西在一条黄毯子下做爱，这时他的一根细钓线被一只海豚给咬住了。老人第一眼看到它时，它正跃入空中，在夕阳的余晖下一片金黄，它在空中拼命地扭动挣扎。它一次又一次地跃入空中，恐惧得像是在做杂技表演。老人慢慢挪动到了船尾，弯下腰用右手和右胳膊紧握着那条粗线，左手拉扯着海豚，每往回拉上来一段就用光着的左脚踩住钓线。等这只海豚被拉到了船尾，绝望地上蹿下跳，老人在船尾往前探了探身，把这只有着紫色斑点的黄灿灿的鱼拎上了船艄。它对着渔钩一阵乱咬，下巴抽搐似地打着颤，它那扁长的身体、尾巴和头拍打着船底，直到老人用棍子打它那金光闪闪的脑袋，打得它发抖，最后不动了。

老人从渔钩上取下这条鱼，重新给钓线装上一条沙丁鱼做鱼饵，然后抛进海里。接着他又慢慢地挪回到船头。他洗了洗左手，在裤子上擦了擦。然后他把沉重的钓线从右手换到了左手，在海水里清洗右手，这时他看着太阳落进了海里以及那根斜着插进水里的粗大的钓线。

"它还是没什么变化。"他说。但是老人望着海水拍打着自己的右手，发现小船明显走得慢了些。

"我要把两只船桨绑在一起横在船尾，这样就可以在夜里减缓它的速度了，"他说，"它擅长熬夜，我也一样。"

最好晚一点儿把海豚开膛破肚，这样就可以让血保留在鱼肉里了，他想。我待会儿再做，眼下先把船桨绑在一起，增加大鱼的阻力。我现在最好让大鱼安静会儿，太阳落山之前不去惊动它。太阳落山对所有的鱼来说都是很难度过的时刻。他把手在空气中晾干，然后用手握住了钓线。老人尽可能地放松，靠在木头上，让大鱼拖着他前进，这样小船就承受了和他一样大，甚至还要大些的拉力。

我渐渐学会该怎么应对了，他想。至少这方面如此。而且别忘了，自从上钩之后它什么都没吃呢，它的体型那么大，需要吃很多食物。我可把一整条鲣鱼都吃了。明天我会吃掉海豚。他把它叫作黄金鱼。也许我把它剖开洗净时就该吃一点。它的肉比鲣鱼要难吃些。但是，毕竟，万事不容易啊。

"你感觉怎么样了，鱼啊？"他问出声来。"我感觉还不错，我的左手已经好些了，而且我还有一天一夜的食物。你拉船吧，鱼儿。"

然而他并不是真的觉得好受，因为横跨在他背上的钓线所造成的疼痛已经疼过了，变成了一种他不太放心的麻痹状态。但我以前经历过比这还糟糕的事，他想。我的手不过是割破了一点，而且另一只手也不抽筋了。我的两条腿还好好的呢。而且如今在食物补给上，我也占优势。

这时天已经变黑了，因为九月里，太阳一落山，天就马上变黑了。他背靠着船头那块破木头，尽量休息够。第一批群星出来了。他并不知道参宿七的名字，但是看到它就知道其他星星不久也会出现在天空，他就会有这么一群遥远的朋友了。"大鱼也是我的朋友，"他说出声来，"我从未见过，也没听说过这样一条鱼。但我必须得宰了它。我很高兴，我们不用去弄死那些星星了。"

想想看，如果人必须每天设法弄死月亮，他想。那么月亮就会逃跑的。但是想一想，如果人每天不得不想法弄死太阳呢？我们生来是幸运的，他想。

接着他为大鱼没有东西可吃而感到难过，但是他要弄死它的决心却丝毫没有因这同情而减弱。这条大鱼能供多少人吃呢？他想。但他们配吃它吗？不，当然不配。从它的举止风度和高贵的尊严来看，没有人配得上去吃它。

我不懂得这些事儿，他想。但是我们至少不用去弄死太阳、月亮或者星星。在海上生存，去杀死我们真正的兄弟已经够受的了。

现在，他想，我必须考虑一下拉力了。这个有风险，但也有好处。线放多了，鱼可能会逃脱；要是大鱼使劲，而来自船桨的拉力不变，船拖起来就轻了。船身轻，延长了我俩的痛苦，但对我来说这样安全，因为大鱼力气很大，还从来没有使出来。不管发生什么，我必须得把海豚剖开，这样它就不会腐烂了，我得吃点鱼肉保持体力。

现在我得再休息一个多小时，等感到大鱼稳定下来之后，我再挪回船尾做这事，决定下一步怎么做。同时我还可以观察它怎么行动，看是否有什么变化。用船桨是个好计策，但是现在是要求稳的时候了。它现在还是很厉害，我看见钓钩就钩着它嘴角，它把嘴闭得紧紧的。钓钩所带来的折磨根本不算什么。饥饿的折磨，还有它所在对抗的无法得知的东西，才是最大的麻烦。好好歇着吧，老头儿，就让它折腾去吧，下一步该干啥，到时候再说。

他觉得自己休息了两个小时的样子。月亮要到很晚才会升上来，他无从判断时间。他也没在真正地休息，不过是相对轻松些罢了。他的肩膀还在承受着大鱼带来的拉力，但他左手按在船头的船舷上，把来自大鱼的拉力越来越多地转嫁到小船身上了。

要是我把钓线系上的话，这一切该多简单啊，他想。但是它只要稍微扑腾一下就会挣断钓线。我必须得用自己的身体来缓冲大鱼带来的拉力，随时准备双手放出钓线来。

"但是你一直都没睡觉啊，老头儿，"他说出声来。"都已经过了半个白天，一个夜晚，如今又是一个白天，你都一直没睡觉。你必须得在大鱼安静平稳的时候想办法睡个觉。要是不睡的话，你可能会头脑不清醒的。"

我的头脑足够清醒了，他想。过于清醒了。我就跟星星一样清醒，它们是我的兄弟。但我还是必须睡觉。它们睡觉，月亮和太阳睡觉，甚至大海有时候也会睡觉，就在那些没有海浪，无限平静的日子里。

可别忘了睡觉，他想。想法子睡觉，设法用一些简单稳妥的方法来安置那些钓线。现在回去准备剖海豚吧。要是非睡觉不可的话，把船桨安置在那里来制造阻力可就太危险了。

我不睡觉也撑得住，他告诉自己。但会很危险。

他开始双手双脚爬回船尾，尽量小心不去惊动大鱼。大鱼也可能正半睡半醒，他想。但我可不想让它休息，它必须一直拖着船，一直到死。

回到船尾，他转过身来，这样左手就可以握住肩膀上的钓线，右手从刀鞘里抽出刀来。这时星星很明亮，他能很清楚地看清海豚。老人把刀刃插进海豚的头部，把它从船尾下面拖了出来。他一只脚踩住鱼身，从肛门朝上，迅速地一刀划到下颚尖。接着他把刀放下，右手把鱼肚子里的内脏挖出，掏干净，除去鱼鳃。

他感到鱼胃在他手里沉甸甸、滑腻腻的，就把它剖开。里面有两条小飞鱼，它们还那么新鲜坚硬，老人把它们并排放着，把内脏和鱼鳃扔出船外，丢进海里。它们沉下去时，在水里拖出一道磷光。海豚身子冰冷，这时在星光下显出像麻风病患者一样的灰白色。老人右脚踩住鱼头，剥下鱼身一侧的皮，又把它反过来，剥下另一侧的鱼皮，把鱼身上的肉从头至尾割了下来。

他把鱼骨头丢出船外，看水里有没有漩涡。但水里却只有它沉下去的那点余光。他转身把两条小飞鱼夹在那两片鱼肉之间，把刀插进刀鞘，慢慢地挪回船头。老人的脊背因钓线的重量被压弯了，他右手拿着鱼。

回到船头后，他把那两片鱼摊在木头上，旁边放着两条飞鱼。之后他把肩上的钓线换了个位置，又重新握着钓线，左手按在了船舷上。他靠在船边，在水里清洗飞鱼，观察着水流拍打手掌的速度。他的手因剥了鱼皮而发出磷光，老人观察着水流如何冲击他的手。水流渐缓了，他把手的侧面在船板上蹭了蹭，掉下来的鳞片漂浮开去，慢慢漂向船尾。

"它不是累了，就是在休息，"老人说，"现在我来把海豚吃了吧，休息一下，再睡上一会儿。"

星光下，在越来越冷的夜幕下，他吃下了一片鱼肉的一半，还有一条除去内脏和鱼头的飞鱼。

"海豚要是煮熟了吃，味道多美啊，"他说，"生吃起来可真难吃。我以后出海绝对不会不带盐或酸橙就上船。"

我要是有头脑的话，就该整天把海水泼在船头，让它晒干，这样就会有盐了，他想。但我几乎是太阳落山的时候才钓到了海豚。毕竟没有准备充分。然而我是把它细细咀嚼了的，而且我也没有恶心呕吐。

东方天空中云朵越积越多，他认识的星星一颗一颗地不见了。这时他仿佛驶进了一个云朵大峡谷，风停了。

"接下来的三四天要有坏天气了，"他说，"不过今晚和明天还不会。现在就安排，老头儿，趁大鱼安静平稳的时候睡上一觉。"

他右手紧握住钓线，大腿抵住右手，身子的全部重量靠在船头的木头上。然后他把肩膀上的钓线稍微往下移了一点儿，用左手绑着。

只要钓线绷着，我的右手就能拉着它，他想。要是我睡着的时候它松了，往外滑去，我的左手会叫醒我的。这对右手来说，活儿可真重啊。但它吃惯了苦了，就算我只睡上二十分钟或半个小时，也是好的。他朝前整个身子压住钓线，把所有的重量放在右手上，睡着了。

他没有梦到狮子，却梦见了一大群鼠海豚，它们绵延了八到十英里。这时正是它们交配的时节，它们高高地跃入空中，再掉回到跳出来时在水面上弄出的同一个水涡里。

然后他梦见他正在村里自家床上睡着，北风呼呼地吹着，他感到非常冷。右胳膊已经麻木了，因为他把右胳膊当枕头枕在上面。

之后他开始梦到长长的黄色海滩，第一头狮子傍晚时分来到这里，接着其他狮子也来了，他把下巴搁在船头的木头上，小船抛了锚停靠在那里，岸上的微风吹拂而来。他等着看有没有更多的狮子过来，心里很开心。

月亮已经升上来很久了，老人还在睡着，大鱼平稳地拖着小船，缓缓地驶进云朵的峡谷里。

突然间他的右拳打到了他脸上，右手也火辣辣地疼，他一下子醒了。这时左手已经毫无知觉了，老人尽力用右手刹住拼命往外溜的钓线。他的左手终于抓到了钓线，他仰着身子往后拽着，他的后背和左手火辣辣地疼，左手承受了所有的拉力，如今被割伤得厉害。他往后看那卷钓线，发现它们正溜溜地往外滑去。正在这时，大鱼猛地一跃，激起一阵巨大的海浪，接着又重重地掉入水中。然后它一次又一次地跃出水面，小船飞一般地往前跑，然而钓线还是飞速地往外滑，老人把线拉得紧紧的快要绷断了，又一次一次地拉到快要绷断的地步。他被拖倒，紧紧地抵着船头，脸贴在那片切下来的海豚肉上，无法动弹了。

　　这正是咱们俩等待的时刻，他想。那么就让我们摊牌吧。让它赔我的钓线，他想。让它赔。

　　他看不到大鱼的跳跃，只能听到鱼儿破水的冲击声和它掉入海中的迸溅声。钓线飞快地往前冲，深深地割伤了他的手，但他早就预料到这样的事会发生，就试着让钓线勒在起了老茧的部位，而不让线滑入手掌，或是割伤手指。

　　要是男孩在这儿，他就能把这些卷线浇湿了，他想。是的，要是男孩在这儿。要是他能在这儿。

　　钓线还在往外溜着，但如今速度在减缓，他让大鱼为钓线拖出去的每一英寸付出代价。现在他终于从木板上抬起头来，脸颊不再贴着那一片被压烂的鱼肉上了。接着他双膝跪着，缓缓地站起身来。他往外放着线，但是速度却慢多了。他挪回那片用脚可以感觉到卷线，而眼睛却看不到的地方。还剩不少钓线，新放了这么多线在水中，鱼拖起来摩擦力大了。

是的，他想。现在大鱼已经跳了不下十二次了，它脊背上的气囊里都充满了空气，所以不能沉入海底去死了，要是那样的话，我可没法把它从那么深的地方拉上来。待会儿它就要开始兜圈子了，我必须得想办法来对付它。不知道是什么突然惊动了它？是不是饥饿让它陷入绝望，还是它被黑夜里的什么东西给吓到了？也许它突然感觉到了恐惧。但它是多么冷静、多么强壮的一条大鱼啊，它看起来是如此地毫无畏惧，如此地信心十足。太奇怪了。

"你最好也要毫无畏惧、信心十足，老头儿，"他说。"你又控制住它了，但你没法拉回钓线。不久它可就要兜圈子了。"

这时老人用左手和双肩拖住大鱼，他弯下腰去，用右手舀水洗掉了黏在脸上的被压烂的海豚肉。他担心这东西会让他感到恶心作呕，他一呕吐就会失去体力。

1.面对左手抽筋的状况，老人的反应和行为有什么特点？

答案：①面对左手抽筋这一不利局面，老人的反应不是畏惧，而是厌恶。②这反映了老人对肉体柔弱疼痛的鄙视和不屑，老人绝不同情自己，而是想尽一切办法超越自己的疼痛。

解析

左手抽筋，意味着本来就身负重压的老人又失去了左手的协助，一般人在此时的反应会是恐慌、退缩，但老人却把自己的左手看作似乎和自己无关的第三方，认为这是左手对自己身体的背叛。老人对于海上的弱者（如海鸟等）总是充满同情，但是对自己的脆弱并不怜悯，而是厌恶。这一方面说明老人对自己身体的自信，认为这种脆弱是对自己身体的背叛；另一方面也说明老人精神上的强大，这种强大使他对所有困难乃至自己肉体上的弱点都充满蔑视。同时，老人还是为了使自己的左手尽快恢复，把手头的金枪鱼吃光了，这也表现了老人的理性。

2.“了不起的迪马尼奥”在老人心目中是一个怎样的存在？为什么老人总要想起他？

答案：①“了不起的迪马尼奥”是老人的精神偶像。②因为迪马尼奥不仅是一个完美的棒球手，还是一个完美的硬汉，是激励老人挺过一个又一个困难的精神支柱；而且他的父亲也是一个渔夫，这更让老人对他的身份有认同感。

 解析

　　疲倦的老人在黑夜即将来临之时，用他心中的偶像迪马尼奥来激励自己，希望自己能“配得上对迪马尼奥的喜欢”，因为迪马尼奥就是忍受着巨大的痛苦（脚跟里的骨刺），依然能把事情做到完美的典范。老人觉得自己的痛苦远不如迪马尼奥，也觉得迪马尼奥会和大鱼僵持更长的时间。还有一点，就在于迪马尼奥的父亲也是一个渔夫，这使得老人对这位伟大的棒球明星有了更多的亲切感和认同感，仿佛自己是迪马尼奥的父亲，老人要在这场和大鱼的战斗中表现出自己的勇气，才配得上这位伟大的儿子。

3. 老人对卡萨布兰卡的回忆是何用意？验证了前文的哪句话？

答案：①为了给自己更多的信心，老人回忆起自己年轻时的辉煌战绩；通过回忆，让自己坚信，只要他一心想赢，就能打败任何人，包括这条大鱼。②这段回忆也验证了前文的"他已经证明过一千次，但这都不算。现在他得再证明一次。每一次都是一次新的开始，而他在证明的时候从未想到过过去。"

 解析

太阳下山了，黑暗即将笼罩大海，又将是一个夜晚的持久战，老人对年轻时这段辉煌战绩的回忆，是为了使他获得更多的自信。因为多年前那场持续了一天一夜的比手劲，同样是一场体现了惊人耐力的持久战，这也证明了老人今天的耐力是由来已久的。当然，好汉不提当年勇，老人的回忆并不是向任何人吹嘘，只是为了给黑暗中的自己增加信心。过去的辉煌已经过去，它不能取代今天的成果，老人真正的目的，还是要在当下再一次地证明自己。

4. 请简析老人对大鱼的态度。

答案：老人对大鱼的态度可分为两方面：一是爱而敬重，把大鱼称作自己的兄弟；二是坚定地要战胜大鱼，想要尽快杀死它。

解析

老人认为大鱼很了不起，认为它比人类更高贵、更能干，以至于为大鱼从上钩以来没有吃东西、没有休息而感到难过，这种如兄弟般的欣赏和同情如此真挚。但同时，老人要弄死大鱼的决心却丝毫没有因为这种敬爱同情而减弱，老人希望在这一天杀了大鱼，希望大鱼一直拖着船直到累死，老人甚至念祷告词请求圣母保佑大鱼死去，但大鱼冷静、强壮、无畏、自信地撑过了一整夜，正如老人一样。这两种态度看似矛盾，实则恰恰是完美的统一。老人和大鱼，一个海上，一个海下，都在进行着顽强的战斗，他们都是永不放弃的硬汉，更是棋逢对手的英雄，因此老人对它产生了惺惺相惜的情感，而只有更顽强地投入战斗，直至最后一刻，才是对对手最大的尊敬。

第八十七天

经过了两日夜无休止的拉锯战，随着第八十七天的太阳升起，大鱼终于疲惫地停下来，开始兜圈了，这也使老人的手上和肩头承担了更大的拉力。极度的疲惫使老人开始不断感觉到眩晕，感觉到眼睛间歇性地失明，以至于有了死亡的预感。但老人绝不言弃，每次感到自己要垮了之时，老人总是一再地尝试，最后终于刺死了大鱼，时间是第八十七天的中午。然后，鲨鱼来袭。直到午夜，老人连短棍都被鲨鱼叼走，直到大鱼被成群的鲨鱼吃完，终于无可挽回了。凌晨，老人拖着虚脱的身体和大鱼的残骸回到了码头。

洗干净了脸之后，他在小船一侧的海水里洗了洗右手，让右手就这么浸在咸咸的海水里，这时他看到日出前的第一道曙光。大鱼这回一直是往东游的，他想。这说明它疲倦了，正在随着水流走。不久它就不得不兜圈了。那时我们真正的较量就开始了。

他估摸着右手在水里浸泡的时间足够长了，就抽了出来，看着它。

"还不坏，"他说，"对男人来说，痛不算什么。"

他小心地握住钓线，生怕线又勒进新的伤口里，然后把身子挪了挪位置，这样就能把左手伸进小船另一侧的海水里。

"你这没用的东西，干得还不坏嘛，"他对左手说。"曾经有一会儿，我可感觉不到你。"

为什么我没生有两只好手呢？他想。也许这是我的错，当初没有好好训练另一只手。但是上帝知道它有足够的机会来学习。不过它在夜里干得还不坏，仅仅抽了一次筋。它要是再抽筋，就让钓线把它割断吧。

当他想到这里，他知道自己头脑不太清醒了，想起自己应该再咀嚼一点海豚肉。但我不能，他告诉自己。就算头晕眼花也比呕吐后失去体力要好。而且我知道我即便吃了肚子也存不住，因为我的脸曾黏在鱼肉上面。只要没坏掉，这肉就留着救急吧。现在通过增加营养来保存体力实在是太晚了。你真笨，他对自己说。把另一条飞鱼吃了吧。

它就在那儿，是干净的，随时可以吃。他左手捡起那条鱼吃起来，仔细地咀嚼着骨头，从头至尾把它吃得精光。

飞鱼几乎比其他任何一种鱼都营养丰富，他想。至少给了我所需要的体力。眼下我已经做了力所能及的事，他想，就让大鱼兜圈吧，让我们开战吧。

自从他这次出海捕鱼，太阳已是第三次升起了。这时大鱼开始兜圈了。

根据钓线的斜度，他还看不到大鱼在兜圈。如今还太早。他只是感觉到线上的拉力有些微的松弛，于是开始轻轻地用右手把线往回拉。钓线还一如既往地紧绷着，但是当他就要把线拉断的当儿，钓线开始往回收了。他把线从肩膀和头上卸下来，开始平稳而缓和地把线往回拉。他用双手摇荡着往回拉绳，身体和双腿也尽可能地使着力。他苍老的双腿和肩膀随着拉绳时的左右摇摆而转动着。

"它可真是兜了个大圈啊，"他说，"但它是在打转。"接着钓线再也收不动了，他紧紧地拉着线，看到水滴在阳光下从线上弹出来。线突然又开始往外滑了，老人跪倒了，不情愿地让线滑进了黑暗的水里。

"它现在转到圈子最远的一边去了。"他说。我可得尽力握紧，他想。这种拉力每次都会减短他绕的圈子。也许一个钟头后我就能看到它了。如今我必须要制服它，然后把它宰了。

但是大鱼继续慢慢地转着圈，老人浑身都被汗湿了，两个小时后他已经疲乏入骨了。不过圈子越转越小了，从钓线在水中的倾斜度他能看出大鱼边游边往上升了。

一个钟头以来，老人眼前黑点直晃，汗水渍入他的眼睛，渍入眼睛上方和额头上的伤口。他不怕那些黑点子。他这么用力地拉钓线，眼前出现黑点子是正常的。然而，他已经有两次感到头晕，这让他很担心。

"我可不能就这么倒下去，就这么死在一条鱼手里，"他说，"既然我都让它这么漂亮地游上来了，上帝帮助我，让我支撑下去吧。我会念一百遍《天主经》和一百遍《圣母经》。但我现在没法念。"

就当已经念过了吧，他想。我过后会补上的。正在这时，他感到双手紧握着的那根线被猛弹猛拽了一下。这一下来得很猛，感觉强劲而沉重。

它正用尖嘴撞击金属钓线，他想。这终究会发生的。它不得不走这一步。尽管这会让它跳起来，我宁愿它继续兜着圈。跳起来它才能呼吸到空气。但此后的每一次跳跃都会拉大钓钩给它的伤口，它可能会吐出钓钩。

"别跳了，鱼啊，"他说，"别跳啦。"

大鱼又撞了钓线几下子，每次它一摆头，老人就得放出一点线。

我必须控制住不再增加它的疼痛了，他想。我的疼痛不要紧。我能控制得住。但是大鱼的疼痛会让它发狂的。

过了一会儿，大鱼不再继续撞击钓线了，又开始慢慢地转圈。老人现在稳步收着线。但他再一次感到了眩晕。他用左手撩起一点海水，洒在头上。接着又撩了些，擦了擦颈后。

"我没抽筋，"他说，"它一会儿就上来了，我还能坚持。你可得坚持，再也不要提抽筋的事了。"

他靠着船头跪了下来，暂时又把钓线换到背上。它出去转圈的这会儿我要歇一下，等它转回来的时候，我就站起来接着跟它斗，他决定。

能在船头休息一下实在是太舒服了，就让大鱼自己兜着圈，也不用收回一点线。然而当线上的拉力表明大鱼转向小船游了过来时，老人站起来，双手左摇右摆地往回把钓线收回来。

我从来都没有这么疲倦过，他想。现在信风起来了。

正好靠它把大鱼给拖回来。我多么需要这风啊。

"下次它再往外游的时候我还可以休息会儿，"他说。"我感觉好多了。它再转个两三圈，我就能逮住它了。"

他的草帽被远远地推到后脑勺上。大鱼转身的时候，随着钓线被一扯，老人一下坐到了船头。

你就忙你的吧，鱼啊，他想。等你转身回来的时候我就拿你。海水升高了不少。但这是在好天气吹拂的微风，他得靠这风回家。

"我只要往西南方向行驶就行了，"他说。"人不可能在海上迷路的，这可是个长长的岛。"

大鱼转到第三圈，老人才第一次看到它。

起先他看到一个黑影游过船底，它花了很长时间才从船底完全经过，老人简直不能相信大鱼有这么长。

"不，"他说，"它不可能这么长。"

但它就有那么长。转完这圈之后，大鱼浮出水面，离小船只有三十码远，老人看到它的尾巴掠出水面。这尾巴比一把钐刀刀片还要高，是极淡的紫色，竖立在深蓝色的海面。它往后倾斜着，大鱼刚刚没过水面游的时候，老人看到它巨大的身躯以及在鱼身上紫色的宽大条纹。它的背鳍朝下，巨大的胸鳍向外张得很开。

这一圈老人看到了大鱼的眼睛，两条灰色的印鱼绕着它游着。有时候它们附在大鱼身上。有时候突然游开。有时候则在它的影子里自由自在地游着。它们每条都有三英尺多长，游得快的时候，身体扭动得像鳗鱼一样。

老人开始流汗，不是因为在太阳下晒着的缘故，而是别有原因。大鱼每次平静地游一圈回来，老人就多收回一些钓线。他确信再转两圈多，就会有机会把渔叉扎进去了。

不过我得把它拉得近一点，近一点，再近一点，他想。我绝对不能去扎它的脑袋，我必须扎着心脏。

"要冷静，要坚强，老头儿。"他说。

又兜了一圈回来，鱼的脊背露出了水面，但它还是离小船太远了。又一圈之后，大鱼还是离得很远，只不过在水面上略微高出了一些。老人确信再多收回一些线，他就能把大鱼拉到船边了。

渔叉老早就准备好了，叉上的一卷细绳子正在一个圆筐子里，另一端被牢牢地系在船头的缆柱上。

大鱼又兜了一圈回来了，它如此的沉着美丽，只有大尾巴在动。老人用尽全力把它拉近些。有那么一会儿，大鱼往他那儿倾斜了一下。接着它又竖直了身子，开始转下一圈。

"我把它拉动了，"老人说，"我刚才把它拉动了。"

这时他又感到一阵眩晕，但是老人竭尽全力去拉这条大鱼。我把它拉动了，他想。也许这次我就能把它拉过来。拉啊，手，他想。站稳了，腿。挺住吧，头。挺住！你可从没晕过。这次我要把它拉过来。

但是当他用尽全力，在大鱼还没游到船边就开始使劲往回拉，大鱼侧过半边身子，又挺直地游走了。

"鱼啊，"老人说。"鱼啊，你终归是要死的。也要连我一起弄死吗？"

这样下去会徒劳无功的，他想。他的嘴唇干得说不出话来，但眼下还不能去够水瓶。这次我必须得把它拉到船边，他想。再多转几圈我就不行了。不对，你行的，他告诉自己，你永远都行的。

大鱼转下一圈的时候，老人差点就得手了。但大鱼又一次正了正身子，缓缓地游走了。

你会把我弄死的，鱼啊，老人心想。不过你有这个权利。我从未见过比你更庞大、更美丽、更冷静、更高贵的生灵，兄弟。来吧，把我弄死吧。我不在乎我们中谁把谁弄死。

你现在脑袋开始糊涂起来了，他想。你必须得保持清醒。保持清醒，你要懂得如何像一个男子汉那样忍受痛苦。或者像鱼一样，他想。

"清醒一下吧，头，"他用几乎听不到的声音说道。"清醒一下。"

大鱼又兜了两圈，一切如旧。

我不知道，老人心想。每一次他都感觉自己快要垮了。我不知道。但我还得再试一次。

他又试了一次，当他拉动大鱼的时候，感觉自己就要垮了。大鱼正了正身子，又一次缓缓地游走了，大尾巴在空中摇摆着。

我还要再试一次，老人许诺，尽管此时他的双手已血肉模糊，他的眼睛也不太好使了，只能间歇地看清楚了。

他又试了一次，还是老样子。于是他想，还没开始就感觉要垮了；我还得试一次。

他忍受住了所有的疼痛，用剩余的所有气力以及早已耗尽的骄傲，与大鱼相搏。大鱼终于来到他的身边，慢悠悠地游到他的身边，它的尖嘴几乎碰到了船板。它开始从船边游过去，身体那么长，那么高，又那么宽，银色的鱼身上紫色的条纹在水里无尽地延伸着。

老人放下钓线，一脚踩住，把渔叉举得尽可能高，用尽所有力气，加上他刚才鼓起的力气，向下直插进大鱼身体的一侧，就在大胸鳍后面一点的地方。那高高耸立在空中的胸鳍跟老人的胸膛一样高。他感到那铁叉插进了鱼身，又把身子倚在渔叉上，再扎深一点，接着把身体所有的重量压了过去。

接着大鱼突然活了过来，尽管死到临头了。它高高地跃出水面，展示着它惊人的长度、宽度、它所有的力量和美丽。它似乎就在老人的小船上方悬着。然后它"砰"的一声坠入了水中，激起的浪花溅了老人一身，也溅满了整条船。

老人感到眩晕，恶心，眼睛看不清东西。但是他清理了渔叉上的线，让它从满是伤口的手中慢慢地溜过。当他能看清东西时，老人看到大鱼仰天躺着，银白色的肚皮朝上。渔叉的柄在鱼肩那儿斜插着，鲜红的血从大鱼的心脏那儿流了出来，使海水变了色。起初那血迹黑黢黢的就像是一英里深的蓝色的海水里的一丛暗礁。然后它慢慢地像云朵一样散开。银白色的大鱼静静地随着海浪漂浮着。

老人用他偶尔能看清的眼睛仔细看着眼前的景象。接着他把渔叉上的线绕着缆柱缠了两圈，把头搭在手上。

"让我的脑袋保持清醒吧，"他靠着船头的木头说。"我是一个疲倦的老头儿。但我把我的兄弟，也就是这条大鱼给弄死了。眼下我得干苦活了。"

现在我必须得准备些绳套，把它绑在船边，他想。即使这儿有两个人，把小船装满了水好把大鱼运进来，然而把水都舀出，这只船也绝不可能承得住它。我必须把万事准备好，把大鱼拖过来，好好地绑住，竖起桅杆，扬帆回家。

他开始把大鱼拉过来，拖到船边，这样他就可以把绳子从大鱼的鳃那儿穿进去，再从嘴里穿出来，把鱼头牢牢固定在船头。我想看看它，他想，抚摸它，感受它。它是我的财富，他想。但这并不是我想感受它的原因。我想我刚才摸到了它的心脏，他想，当我第二次握着渔叉柄扎进去的时候。现在得把它拖过来，牢牢系住，用一根套绳捆住它的尾巴，再用另一根把鱼身子捆住，绑在小船上。

"开始动工吧，老头儿，"他说。他喝了一小口水。"战斗结束了，要下力气的活儿还多着呢。"

他抬头看看天，然后向外看看鱼。他仔细看着太阳。中午刚过了一会儿，他想。而且信风开始起来了。现在钓线都用不着了，等回家了我和男孩再把这些线拼接起来。

"来吧，鱼儿。"他说。但是大鱼并没有动。相反的，大鱼正在海里躺着，打着滚，老人把小船划了过去。

当他划成与大鱼并排，鱼头靠着船头时，他简直无法相信它会有那么大。但是他把渔叉的绳索从缆柱上解开，从大鱼的鱼鳃那儿穿进去，再从下巴那儿掏了出来，在那尖嘴上绕了个圈，然后再从另一个鱼鳃穿了进去，在尖嘴上又绕了个圈，最后打了个双结，把大鱼紧紧地系在了船头的缆柱上。他砍下一段绳子，到船尾把尾巴绑好。大鱼已从原来的紫色和银白色完全变成了银色，鱼身上的条纹有和尾巴一样的淡紫色。那条纹比老人五指伸开还要宽，大鱼的眼睛冷漠得如同潜望镜的镜面，抑或是宗教游行队伍中的圣徒。

"这是弄死它的唯一的办法了。"老人说。喝完水之后他感觉好多了，他知道自己不会垮下去了，头脑也清醒了许多。这样看来大鱼足足有一千五百多磅重，他想。也许还更重。开膛剖肚后，净重如果还有目前的三分之二，按每磅三十美分来算的话？

"我需要用笔算，"他说。"我的脑袋不太清醒了。但是我认为了不起的迪马尼奥今天会为我而骄傲的。我没长骨刺，不过双手和后背可真是太疼了。"不知道骨刺是什么，他想。也许我们身体里长了这东西也不知道呢。

他把大鱼紧紧地绑在船头、船尾和船中间的横梁上。它可真大，就像是在小船旁边绑上了一只更大的船一样。他割下一段钓线，把鱼的下颚和尖嘴绑了起来，这样鱼嘴就不会张开，小船也就可以尽可能不受阻碍地前行了。接着他竖起了桅杆，装上那根渔叉上带的棍子并装上了风帆的横桁，打着补丁的帆开始鼓风，小船开始移动了。老人半躺在船尾，向西南方向驶去。

他根本不需要用指南针来告诉他哪儿是西南方，只要凭信风吹来的感觉和船帆鼓风的情形就知道了。我最好在细钓线上绑个钩勾抛出去，钓点东西吃，吸点水分。但是他找不到钩勾，而且沙丁鱼饵也都腐烂了。于是老人用渔钩钩上来一堆从小船旁流过的黄色马尾藻，拎起来摇了摇，水藻里的小虾就顺势掉在了船板上。估计有十几只的样子，它们像沙蚤一样乱蹦乱跳。老人用拇指和食指掐掉小虾的头，连壳带尾地送进嘴里咀嚼着。它们非常小，但老人知道它们营养丰富，而且味道也很好。

老人瓶里还剩下两口水，他吃完小虾后喝了半口。考虑到不利的条件，小船行进得还算顺利，他把舵柄夹在胳膊下来掌舵。他能看到大鱼。只需看看他那双手，脊背靠在船艄上，他就能知道这一切都是真实发生的事，不是一场梦。在战斗结束之前，曾经有段时间，他感到非常难受，于是猜想也许这真的是一场梦。然后当他看到大鱼跃出水面，掉进海里之前在上空一动不动地悬着，他确信这其中大有奇异，感到难以置信。

当时他不大看得清楚，尽管现在他跟往常一样看得一清二楚了。现在他知道大鱼是存在的，他的双手和后背都不是梦。双手会很快痊愈的，他想。我把污血都放干净了，含盐的海水会治愈它们的。墨西哥海湾深色的海水是最好的疗伤药。我必须要做的就是保持头脑清醒。这双手已经尽了本分了，我的小船也航行得很好。大鱼的嘴闭着，尾巴一上一下地直竖着，我们就像兄弟俩一样航行着。接着他的脑袋开始变得有点糊涂了，老人心想，是我把它拖过来的，还是它把我拖过去的？我要是把它绑在船后拖着走，就没什么疑问了。或者鱼被剁的七零八碎堆在船里，也没有什么疑问。但他们一起并排航行着，老人想，要是它高兴的话就让它把我拖过去吧。我只不过是靠了诡计才比它强的，而它无心害我啊。

他们顺利地航行着，老人把双手浸在海水里，试图让脑袋保持清醒。天空中积云堆积得很高，上面还有许多卷云，老人知道微风会吹上一整夜。老人一直盯着鱼看，来确信这一切都是真的。这样过了一个小时，突然有鲨鱼来袭！

鲨鱼的出现不是偶然的。当那一摊深色的血迹在一英里深处的海里像云朵般沉积并扩散开来，它从深深的海底游了上来。它游得如此之快，全然不顾一切地冲破蓝色的海面，跃入阳光中。接着它又重新掉入水中，寻找着血的气味，开始朝小船和大鱼行驶的那条航线游来。

有时候，它把血腥味跟丢了，但它又会嗅出来，或者仅是嗅到了那么一点儿，就飞快地紧跟上来。它是一头很大的灰鲭鲨，生就一身好体格，是海洋中游得最快的鱼类。它周身除了颚部都是那么的美丽。它的脊背如剑旗鱼一般蓝，肚皮呈银白色，鱼皮光滑而漂亮。它的体格很像剑旗鱼，除了那张紧闭的大嘴，眼下它就在水底快速地游着，高高的背鳍划破水面，没有一丝抖动。在它紧闭着双唇的嘴里，一口牙齿共八排朝里倾斜着，不像一般鲨鱼的金字塔形，它们像人类的手指蜷成爪子的样子，牙齿几乎和老人的手指一般长，两边都有锋利的切口。这种鱼生下来就是以海中所有的鱼类为食的，它们的速度是如此之快，体格是如此健壮，武装得如此之好，一直所向无敌。眼下闻到越来越新鲜的血腥味，它加快了速度，蓝色的背鳍划破水面。

老人看着它游过来时，他知道这条鲨鱼毫无畏惧，它会随心所欲。他看着鲨鱼游上来，准备好了渔叉，系紧了绳子。由于之前把绳子砍下一截来绑大鱼，绳子短了。

老人此时头脑清醒好使，充满决心，但他胜算很小。这一切都太美好了，美好得无法持久，他想。看到鲨鱼逼近时，老人看了一眼大鱼。这简直像做了一场梦，他想。我没法阻止它来袭击我，但我可以打它。大牙鲨，他想。你他娘的要倒霉了！

鲨鱼飞速地逼近船尾，当它袭击大鱼时，老人看到它张开大嘴，看到它那双奇异的眼睛。它咬住大鱼尾巴上面一点的部位时，牙齿嘎哒嘎哒作响。鲨鱼的头露出了水面，它的脊背即将冒出，老人听到大鱼的鱼皮和鱼肉被撕扯下来的声音，他用渔叉使劲戳进鲨鱼脑袋上的一个点里，那个点正好在双眼之间的那条线与鼻子通往脑后的那条线的交叉处。当然鲨鱼头上是没有这样的线的，只有厚实的蓝色尖头、硕大的眼睛以及那咔嗒作响、冲力巨大、吞噬一切的巨颚。但那个点正是脑子所在的位置，老人击中了。他使出全身气力，操着那把完好的渔叉，用血肉模糊的双手用力戳进。他不抱任何希望，却满怀决心和恶意地戳下去。

鲨鱼翻了个身，老人看出它的眼睛里已经没有了生气，但它又翻了个身，身上缠上了两道绳子。老人知道鲨鱼快要毙命了，但鲨鱼却不愿认输。接着，它背朝下躺着，大尾巴拍打着，大嘴嘎哒嘎哒咬着，身体如一艘快艇一样飞速地划破水面。它的尾巴击打着，水面泛起白色的水花，四分之三的身体露出水面，这时绳子突然绷紧，颤动着，"啪"地断了。鲨鱼在海面上静静地躺了片刻，老人一直盯着它。接着它慢慢地沉下去了。

"它吃掉了几乎四十磅的鱼肉，"老人说出声来。它还把我的渔叉和所有的绳子都扯走了，他想。眼下我的大鱼又在流血了，还会有其他的鲨鱼过来的。

他不忍再去看大鱼了，因为它已被咬得残缺了。大鱼被袭击的时候，老人感觉好像是自己受了袭击。

但是我把袭击我的大鱼的鲨鱼弄死了，他想。它是我见过的最大的大牙鲨。上帝知道我见过的大家伙可不少。

好事不长久啊，他想。我希望这一切都是个梦，希望从来没有钓到这条大鱼，希望我正独自躺在铺着报纸的床上。

"但人不是为了失败而生的，"他说，"人可以被毁灭，但绝不能被打败。"不过我很难过把大鱼给弄死了，他想。如今糟糕的时刻要来了，我连个渔叉都没有。大牙鲨凶残、能干、强壮、聪明。但我远比它要聪明。也许并不是，他想。也许我只是武器比它强。

"别想了，老头儿，"他说出声来。"按航线航行吧，一切随机应变吧。"

但我必须得思考，他想。因为这是我唯一剩下的东西了。这个，还有棒球。不知道了不起的迪马尼奥会不会喜欢我那样刺中鲨鱼的脑袋？这也不是什么了不得的事，他想。随便一个人都能做得到。但你可认为，我这受伤的双手就如同骨刺一般是个极不利的条件？我无法得知。我的后脚跟从未出过毛病，除了有一次游泳的时候，我踩着了一条海鳐鱼，它蜇了我一下，我的小腿麻痹了，疼得不得了。

"想点开心的事儿吧，老头儿，"他说，"眼下每过一分钟，你都离家更近了。丢掉了这四十磅鱼肉，你行驶得更轻快了呢。"

他清楚地知道一旦驶到水流中心会发生什么。但现在一点办法也没有。

"对了，有办法了，"他说出声来。"我可以把刀子绑在一支船桨的一端。"

老人于是一只胳膊夹着舵柄，一只脚踩住帆脚索，绑起刀子来。

"好了，"他说。"我现在仍是个老头儿。但可不是手无寸铁。"

此刻的微风很清新，老人航行得很好。他只盯着大鱼的前半部，心里又略微有了点儿希望。

不心存希望可真是愚蠢啊，他想。而且我觉得还是罪恶呢。不再要想罪恶了，他想。此刻没有罪恶，问题都够多的了。而且我一点也搞不懂这个啊。

我一点也搞不懂，而且我也不太确信是否相信。也许杀死大鱼就是罪恶。我想即使我杀它时是为了养活自己和更多的人，这本身也是一种罪恶。但是如果这样，一切皆是罪恶。不要再想它了。现在想已经太晚了，而且有些人拿了钱就是干这个的。让他们去考虑这个问题吧。你生来就是个渔夫，正如鱼生来就是鱼一样。圣贝德罗是个渔夫，正如了不起的迪马尼奥的父亲也是个渔夫。

但是，他喜欢思考他涉身其中的一切事情，既然身边没有书报可读，也没有收音机可听，他思考了很多问题，而且接着想着罪恶。你杀死大鱼不只是为了养活自己以及卖了它换食物，他想。你杀死它还是为了自豪感，因为你是个渔夫。当它活着的时候，你爱着它；它死了之后，你依然爱它。如果你爱着它，那么杀死它就不是罪恶。或许是更大的罪恶？

"你想得太多了，老头儿。"他说出声来。

但你杀死那条大牙鲨还挺高兴的，他想。它和你一样也靠活鱼生存。它不是捡吃腐肉的，也不像其他鲨鱼游到哪里吃到哪里。它漂亮、高贵，啥都不怕。

"我杀它是正当防卫，"老人说出声来。"而且我让它死了个痛快。"

此外，他想，一切事物都以某种方式杀死另外的事物。捕鱼在养活我的同时，也几乎把我给耗尽了。但男孩使我活了下来，他想。我可不能太过于欺骗自己。

他往船外探身，从鲨鱼咬过的地方扯下一块鱼肉。他咀嚼着，感受着鱼肉上好的质地和味道。这鱼肉结实而多汁，像其他肉一样，但不是红色。肉质一点也不黏，他知道这会在市场上卖出最好的价钱。但老人无法阻止它的气味散发到水里，他明白一个非常倒霉的时刻就要到来了。

微风依旧吹着，稍微转向了东北方，他知道风不会平息下来。老人往前望去，却看不到任何的帆，船身，或是任何船上飘出来的烟。只有飞鱼从船头下跃出，向两边跃去，还有一摊摊黄色的马尾藻。他甚至看不到一只鸟。

他已经航行了两个钟头，一直在船尾歇着，有时嚼一些从马林鱼身上扯下来的鱼肉，尽量地休息以保持体力。这时，他看到了两头鲨鱼中的第一头。

"Ay〔这词儿没法翻译，也许只是一种叫喊，诸如钉子穿过手掌，钉进木头时，一个人不由自主发出的声音〕。"他说出声来。

"加拉诺鲨。"他说出声来。这时他看到第二只鱼鳍从第一只后面冒了出来，从那灰褐色的三角形鱼鳍以及尾巴摇摆的动作，他认出它们正是窄头双髻鲨。它们嗅到了大鱼的味道，兴奋不已。它们饿得发昏了，于是兴奋地一会儿迷失了气味，一会儿又找到了。不过它们始终在逼近小船。

老人把帆索系牢，又夹紧舵柄，接着拿起那支绑着刀子的船桨。由于双手过于疼痛，快不听使唤了，他尽可能轻地举起船桨。然后老人把手张开，又轻轻地握住船桨，以便活动一下筋骨。他一边紧紧地握住桨柄，让双手来承受袭来的疼痛感又不至于退缩回去，一边注视着鲨鱼游过来。眼下他能看到鲨鱼宽阔扁平如铲子般的尖头，和它们尖端呈白色的宽大的胸鳍。这两头可憎的鲨鱼散发着恶臭，吃腐烂的食物，也捕杀活鱼，它们饥饿的时候，甚至连船桨或是船舵都会咬上一口。这些鲨鱼会趁海龟在海面上睡觉时咬掉它们的腿和脚蹼，饥饿时会袭击在水中的人们，即使人身上没有鱼血或是鱼黏液的腥味。

"Ay，"老人说。"加拉诺鲨。来吧，加拉诺鲨。"

它们来了。但它们来的方式和灰鲭鲨并不相同。一头鲨鱼一转身，消失在船底，老人能感觉到它撕扯大鱼时小船剧烈的晃动。另外一头用它那一条缝似的黄色眼睛注视着老人，然后飞速地游了过来，它那半圆形的嘴大张着，撕咬大鱼已经被咬开的部位。它灰褐色的脑壳顶部以及脑子和脊髓相连处的那条线清晰可见，老人将刀子猛扎进那个结合点，抽出来，又猛扎进鲨鱼黄色的猫眼里。鲨鱼松开了咬住的大鱼，身子往水底滑，临死前吞下了咬下来的那块鱼肉。

另外一头鲨鱼还在船底咬噬大鱼，小船剧烈地晃动着，老人放开了帆索，这样小船会向一侧摇摆，从而使鲨鱼从船底露出来。看到鲨鱼时，他从船边欠出身子，向它猛戳过去。可他只戳到了鲨鱼身上的肉，那鱼皮太过紧致结实，刀子几乎扎不进去。这一戳不仅震痛了他的手，也震痛了肩膀。但是鲨鱼迅速地游了上来，脑袋露出水面，它的鼻子刚露出来去接近大鱼时，老人一下击中它扁平脑袋的正中央。老人抽出刀刃，又准确无误地朝同一个部位扎了进去。鲨鱼还是紧紧咬住鱼肉不放，老人又朝它的左眼扎了下去，鲨鱼还是吊在那里。

"还不走？"老人边说边把刀刃刺进它的脊椎和脑壳之间。这一扎很容易，他感到鲨鱼的软骨断了。老人把船桨倒过来拿着，想用桨片撬开鲨鱼的大嘴。他搅动桨片时，鲨鱼松开嘴滑了下去。他说："滚吧，加拉诺鲨。下沉一英里，去找你的朋友，或你妈妈吧。"

老人擦干净刀刃，放下船桨。接着他找到了帆索，风把船帆张了起来，小船又回到原来的航线上。

"它们肯定吃掉了四分之一的鱼肉，还是最好的肉，"他说出声来。"真希望这是一个梦，希望我从来没钓到过这条大鱼。对不起，鱼儿。这一切都被搞糟了。"他顿住了，不忍再去看那条大鱼。它流尽了血，被海水冲刷着，身体看上去像镜子银色的背面，条纹依然可见。

"我真不该到这么远的地方来捕鱼，鱼儿，"他说。"对你或对我都不好。对不起，鱼儿。"眼下呢，他对自己说。看看绑在刀子上的绳子是不是断了。把手准备好，因为会有更多的鲨鱼过来的。

"希望能有块石头来磨磨刀子，"老人检查了绑在桨把上的绳子后说。"我真该带块儿磨刀石的。"你该带很多东西过来的，他想。但你还是没带啊，老头儿。现在可不是去想你没带什么东西的时候，想想就凭眼下的这些物件能做些什么吧。

"你给我多少忠告啊，"他说出声来，"我都听厌烦了。"

他把舵柄夹在胳膊下，双手浸在水里，小船朝前驶去。

"上帝知道最后那头鲨鱼咬掉了多少鱼肉。"他说。

"不过船现在可轻多了。"他不忍去想腹部被咬的残缺不全的大鱼。他知道鲨鱼每次猛撞上去，都会撕扯下一块鱼肉，如今大鱼给所有的鲨鱼留下了一道气味，宽得如同穿越在海洋的一条公路。

这条大鱼足以供养一个人整整一个冬天，他想。别再想这个了。好好休息让你的双手恢复状态，好来保护这剩下的鱼肉吧。水中的血腥味这么重，我手上流的这点血根本不算什么。而且血流的也不多，割伤的地方也算不了什么。流点血还能防止左手抽筋。

我现在还有什么事可想？他想。什么也没有。我必须什么也不想，等待之后来袭的鲨鱼。希望这真的只是一个梦，他想。但谁知道呢？也许一切都会好起来的。

接下来的是头铲鲨。它来势汹汹，如同冲向饲料槽的一头猪，如果猪有那么大的嘴能让你把头放进去的话。老人随它去撕咬大鱼，然后用桨上的刀扎入它的脑袋。但是鲨鱼扭着身子急剧地往后退的时候，刀刃"啪"地断了。

老人坐定下来掌舵。他甚至都不去看那头大鲨鱼慢慢地沉入水底，先是和原来一样大，继而变小，只剩下一丁点儿。这种情景总是让老人着迷。但眼下他甚至根本就不去看它。

"我现在还有一个渔钩，"他说。"但也没什么用。我还有两支船桨，一支舵柄，还有一根短棍。"

现在它们已经把我打败了，他想。我年纪太大了，没法用棍子把鲨鱼打死。但是只要我有船桨、短棍和舵柄，我就要试试看。

他再次把手浸入水中。下午渐渐就要过去，他只能看到大海和天空。天上的风比往常大些，他希望能很快地看到陆地。

"你已经疲倦了，老头儿，"他说。"你的心都疲倦了。"

直到日落前，鲨鱼们才开始再次来袭。

老人看到灰褐色的鱼鳍顺着大鱼在水中留下的踪迹跟了上来。它们甚至不用分神嗅出腥味，而是肩并肩径直扑向小船。

他夹紧了舵柄，系牢了帆索，伸手从船尾够到了短棍。

这实际上是从坏掉的船桨上锯下的桨柄，大约有两英尺半那么长。上面有个把手，只容一只手拿着才能运用自如，他用右手握住把手，弯着手按在上面，一边看着鲨鱼游过来。它们是两头加拉诺鲨。

我必须得让第一头先牢牢咬住，再去打它的鼻头，或直击脑袋中央，他想。

两头鲨鱼一起扑了上来。老人看到离他最近的那头张开大嘴一口咬进大鱼银色的腹部，他高高举起棍子，重重地抡下去，"砰"地击中鲨鱼宽阔的脑门。棍子落下来，他感觉像打在橡胶上，但也感觉到坚硬的鲨骨，老人再一次重重地击打它的鼻头，鲨鱼从大鱼身上滑了下来。

另外一头鲨鱼已经往来了几个回合，眼下它又张着嘴游过来了。老人看到，它直扑在大鱼身上合拢两颗时，鱼肉从它嘴边飞溅出来，白花花的。他举起棍子又挥了过去，只抡在脑袋上，鲨鱼朝他看了看，把咬在嘴里的鱼肉撕了下来，溜到一边去吞食，老人挥起棍子，再次向它打去，只打到了橡胶般的厚皮。

"来吧，加拉诺鲨，"老人说。"再游过来吧。"

鲨鱼急速冲了过来，合拢大嘴时，老人击中了它。他把棍子举得尽可能高，结结实实地打了下去。这次他感到击中了脑窝的骨头，于是朝同一个部位又打了一棍，鲨鱼慢吞吞地扯下一块肉，从大鱼身边滑进水底。

老人注视着它，等着它下次来袭，但是两头鲨鱼都没有再露面。接着他看到其中的一头在水面上打旋，而没有看到另一头的鱼鳍。

我可没敢指望能打死它们，他想，我年轻的时候可以。但我让它们受了重伤，它们现在都蔫了。要是我能两只手抡起一支棒球棒，我肯定能把第一头打死。即使现在也能行，他想。

他不忍心去看那条大鱼。他知道它有一半都被咬掉了。刚才和鲨鱼搏斗时，太阳已经下山了。

"天很快就要黑了，"他说。"然后我就能看到哈瓦那的灯火了。如果小船往东行驶得太远了，我将能看到新开的海滩上的灯光。"

我现在不可能离陆地太远，他想。希望没人太担心。当然只有男孩会担心。但是我确信他会对我有信心的。很多老渔夫也会担心。当然还有其他的一些人，他想。我住在一个好镇子呢。

他无法再同大鱼说话了，因为大鱼已经面目全非了。接着他突然想到了什么。

"半条鱼，"他说。"你原来可是条完整的鱼啊。很抱歉我去那么远的地方捕鱼。我把咱们俩都给毁了。但咱们弄死了不少鲨鱼，就我和你，而且还打伤了很多头。你曾经弄死过多少啊，老鱼？你头上长着那么一张尖嘴，可不是白长的啊。"

他喜欢去想这条大鱼，想象着如果它在水里自由自在地游着，会去怎样对付一头鲨鱼。我本该把这长嘴砍下来对付鲨鱼的，他想。但我这儿没有斧子，也没有刀子。

但如果我有的话，就会把这尖嘴绑在桨把上，这武器多棒啊。这样咱们就能并肩作战了。要是鲨鱼夜间来袭的话，你会怎么做？你能做什么？

"和它们继续搏斗，"他说。"我会继续搏斗，一直到死。"

但是如今已是夜里，周围没有天空反射的光，也没有灯火，只有吹拂的风和被稳稳地拖曳着的帆，他感到也许他已经死了。他两手合并，摸了摸掌心。它们还没死，只是简单的一开一合，老人就感觉到生之疼痛。他背靠着船尾，知道自己还没有死。肩膀如是告诉他。

我许诺过如果逮到这条大鱼要念好多遍祷告词，他想。但是眼下我太疲倦了，根本念不了。我最好把麻袋拿过来，披在肩膀上。

他躺在船尾掌着舵，注视着天空，等候光晕的出现。我还有半条大鱼，他想。也许我运气好的话能把这前半条带回去。我该有些运气了。不对，他说。当你去那么远的地方捕鱼时，就已经亵渎了你的运气。

"别傻了，"他说出声来。"保持清醒，好好掌舵。你也许会有很多运气呢。"

"要是有什么地方卖运气，我倒是愿意去买一些。"他说。

我能拿什么去买呢？他问自己。我能用一支丢掉的渔叉、一把破刀和两只受伤的手来买吗？

"也许可以呢，"他说。"你曾想用在海上的八十四天来买。人家几乎也卖给了你。"

我可不能胡思乱想，他想。运气是以不同形式出现的，谁能辨认出来呢？不管是什么形式，我都想要点儿运气，不管人家开什么价。我希望能看到天边反射的光晕，他想。我所希望的事太多了。但现在就有一件我希望发生的事。他试着坐得更舒服些，从疼痛中，老人感觉自己还没有死。

大约晚上十点钟时，他看到城市的灯火在天边反射的光晕。起初只能依稀看见，如同月亮升起前天上出现的微光。然后隔着海洋看过去，光亮逐渐清楚了。眼下随着微风渐起，海面开始波涛汹涌起来。他驶进了光晕的圈子里，想着，要不了多久就要驶到湾流的边缘了。

如今一切都结束了，他想。它们也许还会来袭击我。但是一个手无寸铁的人如何能在黑暗中对付它们呢？

他现在身子僵硬、浑身酸痛，身上的伤口和所有用力过度的部位因寒夜的到来而备感疼痛。希望我不用再搏斗了，他想。我多么希望不用再搏斗了啊。

然而到了午夜，他又再次搏斗了，这一次，他知道搏斗也是徒劳。它们成群袭来，他只能看到鲨鱼们的鱼鳍在水中排成一条线以及它们扑向大鱼时反射的磷光。他朝一个个的头抡去，听到鲨鱼们啃噬时双颚嗄哒作响，它们在船下咬住大鱼时，小船不停地晃动。他绝望而拼命地向他能感觉到的和听到的方向抡去，突然有什么东西咬住了棍子，之后棍子不见了。

他把舵柄猛地从船舵上扯下，用它又打又砍，双手紧紧握住，一次又一次地用力戳下去。但它们此刻都蹿到了船头，一头接一头群涌而上，撕扯下大块大块的鱼肉。当它们扭头再来时，鱼肉在水里泛着光亮。

最后，又有一头朝大鱼头部冲过来，他知道一切都结束了。他挥着舵柄朝鲨鱼头打去，鲨鱼紧紧咬住厚实的鱼头，却始终扯不下来。老人抡起一次，两次，又一次。他听到舵柄断裂的声音，于是将断掉的把手朝鲨鱼刺过去。他感到舵柄刺了进去，知道它很锋利，于是又刺了进去。鲨鱼松开了口，打着滚游走了。那是来袭的鲨鱼群中的最后一头。它们再也没有什么可吃的了。

老人此时几乎无法呼吸，他感到嘴里有股怪味。那味道带着点黄铜味，又甜丝丝的，他一时有点儿担心。还好这种味道并不浓烈。

他朝海里啐了一口说道："去吃吧，加拉诺鲨。做个梦吧，梦见你杀了一个人。"

他知道，他现在是终于被打败，无可挽回了。他回到了船尾，发现如锯齿般的舵柄一头正好可以安在船舵里用来掌舵。他把麻袋披在肩膀上，让小船回到原来的航线。此时他轻快地划着小船，毫无想法，毫无感觉。他如今已经超脱了一切，只想尽可能明智地好好驾着小船回家。夜间有鲨鱼来袭击大鱼的残骸，就像人们从餐桌上捡拾面包屑来吃一样。老人对它们毫不理睬，也不再理睬周围的一切，只是一心掌舵。他只留心到小船边没有附上沉重的东西，行驶得多么轻快。

船还好好的，他想。它完好无损，除了舵柄被弄坏了。不过这个容易更换。

他能感觉到小船已驶入湾流之中，还能看到沿岸海滨驻扎区内的灯光。他知道自己现在什么位置，回家是不成问题了。

不管怎样，风是我们的朋友，他想。继而他补充道，有时候是。还有大海，大海里有我们的朋友，也有我们的敌人。还有床，他想。床是我的朋友。只是床，他想。床会是个了不起的东西。当你被打败时，床是个很舒服的东西，他想。我从不知道它会有多舒服。是什么将你打败了，他想。

"没什么，"他说出声来。"我不过是行驶到太远的地方去了。"

当他驶入小小的码头，露台饭店的灯光全都熄灭了，他知道大家都上床睡觉了。微风渐渐刮大，现在吹得很猛烈了。然而码头还是很安静的，他把小船划到岩石下面一小摊卵石堆上。没人来帮他，他只好把小船尽可能往岸上多拖一点。接着他跨出船去，把它系在了岩石上。

他卸下桅杆，卷起帆，捆好。然后他扛起桅杆，开始往上爬。就在这时他才明白自己有多么的疲惫。他顿了顿，朝后望去，看到在街灯映衬的水中倒影里，大鱼硕大的尾巴在船尾后艄直竖着。他看到它裸露的脊骨像一条白线，那黑乎乎的头，还有那长长的尖嘴，除此之外，头尾之间一无所有。

他再次开始往上爬去，爬到岩石顶上时摔了一跤，他躺了一会儿，桅杆还横在肩上。他试着站起身来，但实在太过艰难，于是他坐着不动，肩上依旧扛着桅杆，朝街道望去。一只猫从路的另一边经过忙自己的事去了，老人一直注视着它。然后他呆呆地望着街道。

最终他把桅杆放下，站起身来。他捡起桅杆，放在肩膀上，开始顺着路走去。在到达小屋之前，他不得不五次坐下来休息。

进了小屋，他把桅杆靠在墙边。黑暗中他摸到一个水瓶，拿起来喝了一口。接着便躺在了床上。他拉起毯子，盖住肩膀、后背和双腿，然后脸朝下躺在报纸上，胳膊伸直，手掌朝上。

考点提炼

1. 老人杀死大鱼后短暂休息时的心态是怎样的?

答案:平静而骄傲，同时感到这一切不可思议得像一场梦。

杀死大鱼，老人并没有感到多兴奋，因为他已经累到近乎失明了，而且接下来还要面对如何处理大鱼的问题，所以老人是平静的。而当老人绑好大鱼时，他觉得他的偶像"了不起的迪马尼奥"也会为他骄傲的。老人看着巨大无比的大鱼，同时也感到难以置信，但他身上无数的伤痛告诉他，这不是梦，他战胜了这条大鱼！

2.简要解释以下两个句子。

①你曾想用在海上的八十四天来买（运气），人家几乎也卖给了你。

②在到达小屋之前，他不得不五次坐下来休息。

答案：①大海拒绝了老人八十四天，让他一无所获，然后给了老人一条大鱼，却又让沿途的鲨鱼一口口将这大鱼夺走了；②回到岸边的老人已经累到极致，以至于短短的一段路需要休息五次。

　　张爱玲曾说《老人与海》中很多貌似平淡的句子背后有着生命的辛酸，这两句话就是如此。老人三个日夜的非人艰辛换来的居然是一具白骨，海明威并没有用极具感情色彩的语言放声慨叹，而是把一切悲剧性的反讽隐含在惊人的平静表述之下，一个"几乎"让人掉泪；老人回到岸边，再强烈的词语也难以形容他此时的疲惫，海明威只用了一个小小的细节——不得不五次坐下来休息——把所有的辛苦都说尽了。这大概也是著名的"冰山理论"在小说语言中的两个小小体现。

第三部分

第八十八天

　　第八十八天早上，男孩来到老人的小屋，老人已经因为极度疲惫陷入昏睡。男孩看到伤痕累累的老人，难过地哭起来。男孩出门给老人要来了一罐咖啡，等老人醒来后，男孩下定决心，等海上不再刮大风，等老人养好伤，一定要再随老人一起出海捕鱼。男孩走后，老人又睡着了，梦到了他心爱的狮子。

早上孩子朝门里看时，他正在熟睡中。风刮得正猛，漂网船是无法出海了，男孩起得很晚，像平时一样每天早上来老人的小屋看看。孩子发现老人在喘气，接着便看到了老人的双手，孩子开始哭了起来。他轻轻地走出去，去弄点儿咖啡。一路上他边走边哭。

很多渔夫都围着小船，看着船边绑着的家伙；有个人卷着裤腿，在水里，用线测量大鱼骨架的长度。

男孩没有下来看。他之前来过了，有个渔夫正在替他看着这条小船。

"他怎么样了？"其中一个渔夫朝他喊道。

"还在睡着，"男孩喊着说。他不介意别人看到他在哭。"谁也不要打扰他。"

"它从鼻子到尾巴足足有十八英尺。"测量大鱼的那个渔夫喊道。

"我信。"男孩说。

他走进露台饭店，要了一罐咖啡。

"要热的，多放点牛奶和糖。"

"还要别的吗？"

"不用了。待会我看看他能吃些什么。"

"多大的一条鱼啊，"饭店的老板说。"可从来没有过这样的鱼。你昨天捕到的那两条鱼也不错。"

"我那两条鱼，去他妈的。"男孩说。他又开始哭了起来。

"你想喝点什么吗？"饭店老板问他。

"不用了，"男孩说。"让他们不要去打扰圣地亚哥。我会再回来。"

"告诉他我为他感到难过。"

"谢谢。"男孩说。

男孩带着那罐热咖啡来到老人的小屋，坐在他身边，直到老人醒来。有一回看起来他似乎要醒了。但他又沉沉睡去了。于是男孩便到马路对面去借些柴火来加热咖啡。

老人终于醒了。

"别起来，"男孩说。"把这个喝了吧。"他往杯子里倒了些咖啡。

老人拿过来喝了。

"它们把我打败了，曼诺林，"他说。"它们真的把我打败了。"

"它没有打败你，大鱼可没有。"

"是啊，确实是。我是后来吃的败仗。"

"佩德瑞克在照看着你的小船和渔具。你准备把那鱼头怎么办？"

"就让佩德瑞克把它剁了做诱鱼的饵料吧。"

"那长长的尖嘴呢？"

"你要是想要就拿去吧。"

"我想要呢，"男孩说。"眼下咱们必须得安排一下其他的事情。"

"他们找过我吗？"

"当然了。出动了海岸警队和飞机呢。"

"海洋那么大，小船又那么小，很难找到的。"老人说。他发现不再自言自语或者只跟大海说话，而能跟人聊天是多么愉快的一件事。"我很想念你，"他说。"你都逮到了什么？"

"第一天一条，第二天一条，第三天两条。"

"那太好了。"

"现在咱们可以一起捕鱼了。"

"不行。我没有好运气。我不再有好运了。"

"去他妈的运气，"男孩说。"我会带来好运的。"

"你家里人会怎么说？"

"我不在乎。昨天我逮到了两条鱼。不过咱们现在要一起捕鱼了，因为我要学的东西还很多。"

"咱们必须弄一支能刺死鱼的好长矛，一直放在船上。你可以用旧福特车上的弹簧片做刀片。我们可以拿到瓜纳瓦科阿去打磨。应该把它磨得锋利些，但不要用回火烧炼，不然会断裂。我的刀子就断了。"

"我再去弄把刀来，再拿弹簧片去打磨。这大风要刮多少天？"

"可能要刮上三天吧。或许更长。"

"我会把一切都安排好，"男孩说。"你要把手伤养好，老爷子。"

"我知道怎么照顾它们。夜里我吐出些奇怪的东西，感到胸膛里什么东西断了。"

"把那个也养好，"男孩说。"躺着吧，老爷子，我会给你拿干净的衬衫来，再带些吃的。"

"我不在这儿时的报纸，随便拿一份来。"老人说。

"你可得快点好起来，我要学的东西还有很多，你得把一切都教给我。你受了多少苦啊？"

"很多。"老人说。

"我会把吃的和报纸带过来，"男孩说。"好好休息，老爷子。我会从药店为你的手带点药。"

"别忘了告诉佩德瑞克那鱼头是他的了。"

"好的。我会记住的。"

男孩走出门，沿着被磨光的珊瑚石路走着，又哭了起来。

下午时分，露台饭店来了一群游客。一个女人朝水里望去，在一堆空啤酒罐和死梭鱼堆里发现了一条又大又长的白色脊柱，尾端有条巨大的尾巴，当东风不断地在港口外掀起海浪时，那条大尾巴便随着海浪一起一伏，摇来摇去。

"那是什么？"她指着大鱼长长的脊椎问一个侍应生，如今这残骸已是垃圾，正等着随潮水漂向大海。

"鱼，"侍应生答道。"鲨鱼。"他打算解释一下所发生的事情。

"我不知道鲨鱼会有形状这么漂亮的尾巴。"

"我也不知道。"她的男伴说。

大路的前方，在那个小屋里，老人又一次睡着了。他依旧脸朝下熟睡着，男孩就坐在旁边，看着他。老人正梦到狮子。

考点提炼

1. 男孩为什么看到老人后哭了起来？

答案：因为男孩同情老人所受的苦，也为自己没能跟随和帮助老人感到自责，心中也因此对老人这个失败的英雄更加崇拜。

━━━━━━━━ 解 析 ━━━━━━━━

　　男孩看到海边巨大的马林鱼鱼骨，以及老人的累累伤痕，不用问，就能想象得到老人这三天在海上非人的经历，男孩由衷地为老人感到难过，以至于男孩完全不介意别人的眼光，哭了起来。另一方面，男孩也为自己没能坚持和老人出海，为老人分担这些苦难而感到自责，因此男孩下定决心，下一次一定要和老人一起捕鱼。男孩对老人说"我要学的东西还有很多，你得把一切都教给我"，也说明了老人在男孩心中并没有失败，男孩看出了老人身上最珍贵的东西其实是一种精神，而这种精神是男孩佩服、尊敬乃至热爱老人的原因，这也是他在任何其他船上所学不到的。

　　2.赏析小说最后的这段文字。

　　下午时分，露台饭店来了一群游客。一个女人朝水里望去，在一堆空啤酒罐和死梭鱼堆里发现了一条又大又长的白色脊柱，尾端有条巨大的尾巴，当东风不断地在港口外掀起海浪时，那条大尾巴便随着海浪一起一伏，摇来摇去。

"那是什么？"她指着大鱼长长的脊椎问一个侍应生，如今这残骸已是垃圾，正等着随潮水漂向大海。

"鱼，"侍应生答道。"鲨鱼。"他打算解释一下所发生的事情。

"我不知道鲨鱼会有形状这么漂亮的尾巴。"

"我也不知道。"她的男伴说。

答案：内容上，游客见到这副鱼骨的反应，体现了他们的无知，更体现了老人三天英雄的捕鱼过程在不了解内情的游客眼中毫无价值。结构上，小说最后这段叙述，既是对前文老人战斗的结束，也回应了老人心中所想："没有人配得上去吃它。"

———— ————

这段叙述，使小说结尾充满了悲剧主义的色彩。老人在海上长达三个日夜英雄般的战斗并没有任何的见证人，只有这副鱼骨是这场战斗的"战利品"。男孩或者那些渔民能想象得到老人的战斗，但对于老人捕鱼服务的对象，这些游客或者食客，他们只能看到这堆已经沦为垃圾的残骸，虽然侍应生打算说"鲨鱼把马林鱼咬成这样"，试图向游客解释一下发生的事情，但游客并无兴趣，因为他们甚至不能辨别鲨鱼和马林鱼的区别。对这些游客来说，老人的战斗是没有任何意义的，甚至可以说是"失败"的。而这也回应了老人的心中所想，老人认为从这条大鱼的举止风度和高贵的尊严来看，没有人配得上去吃它。结果，大鱼死于海上，鱼肉逝于海上，真的没有人能吃到它了。

---

3. 小说最后一句话"老人正梦到狮子"有什么象征含义？

答案：狮子可以说是老人心中的精神图腾，狮子是力和美的结合，这象征着老人对力和美的崇拜，象征着老人永不枯竭的力量，以及在重压下依旧保持的优美姿态。

解析

小说中有三次描写老人的梦，分别是陆上两次，海上一次，梦中都有狮子。老人不解为什么自己的梦中主要只剩下了狮子，同时老人又十分期待能梦到狮子。我们可以这样说，狮子是老人一生奋斗的精神象征，同时也是老人晚年依旧向往的精神境界。老人的一生，在世俗价值上几乎毫无成就，但他并未因此沮丧。而狮子，毫无疑问是一种精神的象征，是一种对力和美的自信。关于精神力量的永不屈服，我们在前面已经做了很多解析，这里再补充一点，那就是"美"的价值。这也可以用海明威的一句名言来概括，那就是"勇气是重压之下的优雅"（Courage is grace under pressure）。真正的硬汉，不仅拥有永不屈服的力量，而且拥有在重压之下依旧冷静沉着的心理素质，这种心理素质才是真正的勇气所在。而老人梦中的狮子，就是这两者完美结合的象征！

真题演练

一、选择题

1. （2016·浙江省温州卷）表格中的句子是对不同名著的评论，请分别为下面名著选择正确的一项。

名著	①《钢铁是怎样炼成的》（　）	②《名人传》（　）	③《老人与海》（　）
评论	A. 这本书是对一种即使一无所获仍旧不屈不挠的奋斗精神的讴歌，是对不畏艰险、不惧失败的那种道义胜利的讴歌。 ——董衡巽 B. 这本书在我的成长过程中有很大的影响，书中浓郁的英雄主义、理想主义、献身精神在相当长的时间里成为我精神生活的最重要的支柱。 ——张洁 C. 这本书着重记载伟大的天才，在人生忧患困顿的征途上，为寻求真理和正义，为创造能表现真、善、美的不朽杰作，献出了毕生精力。 ——杨绛		

2. （2016·山东省济南卷）下列关于名著的表述，不正确的一项是（　　）

A. 《三国演义》第九十一回"祭泸水汉相班师，伐中原武侯上表"中，"武侯"即诸葛亮。

B. 《简·爱》中女主人公自尊、独立性格的形成，是与她童年的幸福生活分不开的。

C. 《草房子》中杜小康经历了孤独的放鸭之旅，觉得自己

"长大了，坚强了"。

D. 《老人与海》通过塑造圣地亚哥的形象，讴歌了人类面对苦难时坚不可摧的精神力量。

3. （2016·山东省潍坊卷）下列关于文化常识、文学名著的表述，不正确的一项是（   ）

A. 《曹刿论战》《邹忌讽齐王纳谏》《隆中对》分别出自《左传》《战国策》《三国志》。这几部书既是史学著作，又具有一定的文学价值，对后世影响深远。

B. 外国文学人物画廊中的四大吝啬鬼是：莫里哀笔下的阿巴贡、巴尔扎克笔下的葛朗台、果戈理笔下的泼留希金和莎士比亚笔下的夏洛克。

C. 《老人与海》中的圣地亚哥在海上与巨大的马林鱼搏斗了三天三夜，虽然最终马林鱼被鲨鱼吃光了，但他用行动证明：人并不是生来就要吃败仗的。

D. 《骆驼祥子》中的祥子最大的梦想是拥有一辆自己的车。他风里来雨里去，省吃俭用攒了三年，终于买下了一辆车，但这车很快就被霸道的刘四抢走了。

4. （2015·山东省济南卷）下列关于名著的表述，不正确

的一项是（ ）

A. 《三国演义》中被许劭称为"治世之能臣，乱世之奸雄"的是曹操。

B. 《简·爱》中简·爱坚定地捍卫自己的独立和尊严，勇敢地宣布了自己对罗切斯特的爱情。

C. 《草房子》中细马在桑桑的帮助下挖柳树须子给邱二爷治病，后来细马回到了江南老家。

D. 读《老人与海》我们可以感受到"一个人可以被毁灭，却不能被打败"的硬汉精神。

5. （2015·江苏省高考卷）下列对有关名著的说明，不正确的两项是（ ）

A. 《三国演义》中，关羽接受曹操赠送的新战袍后，仍将旧战袍穿在外面，说明关羽生活简朴，对新战袍格外珍惜。

B. 鲁迅《白光》中反复出现的"这回又完了！"既是指陈士成又一次的科举考试失败，也是暗示他对人生前景的绝望。

C. 《子夜》开头，吴荪甫的一九三〇式雪铁龙汽车与吴老太爷的《太上感应篇》形成强烈比照，标志着资产阶级全面压倒了封建阶级。

D. 第一幕开场时，哈姆雷特的父亲被克劳迪斯杀害，造成了哈姆雷特与克劳迪斯之间不断的争斗，全剧人物无一例外都被卷入其中。

E. 《老人与海》中，老人年轻时曾在黄昏时分看到海滩上的狮子，后来又多次梦到狮子，这里的狮子象征着旺盛的生命力和青春。

6. （2013·湖北省高考卷）下列有关文学常识的表述，有误的一项是（　　）

A. 《论语》中有不少有关为人处世的格言警句。如："君子欲讷于言而敏于行"告诉我们做人要言语谨慎、行事敏捷；"见贤思齐焉，见不贤而内自省也"是说看见贤人就应该向他看齐，看见不贤的人就应该反省自己。

B. 《红楼梦》第五回，贾宝玉随贾母等赴宁国府赏梅，午间去房间休息，看见房内挂着一副对联"世事洞明皆学问，人情练达即文章"，宝玉觉得这副对联蕴含丰富，十分喜爱，铭记在心。

C. 《狂人日记》把批判的锋芒指向旧中国几千年"吃人"的历史。在狂人看来，人人都想吃人，又害怕被人吃，人与人互相牵掣，结成一个连环，难以打破。文末发出了"救救孩子"的呼声。

D. 美国作家海明威 1954 年获得诺贝尔文学奖。他的作品《桥边的老人》和《老人与海》均以"老人"为主人公，前者表现了战争环境中人性的光辉，后者描写了"人的灵魂的尊严"。

7.（2014·江苏省苏州卷）下列对有关名著的说明，不正确的两项是（ ）

A.《家》中，高家因高老太爷久病不愈便请巫师来捉鬼，巫师说要捉高公馆所有房间的鬼，但当捉鬼捉到觉慧的房间时，却被觉慧挡在了门外。

B.《子夜》中，当吴荪甫等待公债市场斗争能传来好消息时，王和甫却打电话告诉他，屠维岳已将资金投给了赵伯韬，这让吴荪甫深感大势已去。

C.《老人与海》的故事情节首尾呼应：开端是小男孩曼诺林在黎明时分送圣地亚哥出海；结尾是圣地亚哥扛着工具回来，小男孩再来看他。

D.《阿 Q 正传》中写阿 Q 临死前，感到最遗憾的事有两件：一是画押时，圆圈没有画圆；二是游街时，没有唱出几句戏。

E. 《三国演义》中写诸葛亮出山时，先写司马徽推荐，后
   写徐庶再荐，之后用刘备三顾茅庐等情节来铺垫请出诸
   葛亮。

8. （2014·江苏省南通卷）下面有关名著的说明，不正确
   的两项是（　　）

A. 《红楼梦》中，王夫人为丫鬟金钏投井一事而自悔，独
   在屋中垂泪，宝钗见状连忙劝慰她，并拿出自己新做的
   两套衣服给金钏做装裹用。

B. 《子夜》中，陷入困境的吴荪甫决意要在公债市场上同
   赵伯韬较量，为此，他收买了赵伯韬的情人刘玉英，又
   笼络交易所经纪人韩孟翔。

C. “现在我明白！……有钱哪，就该吃喝嫖赌，胡作非为，
   可千万别干好事！”愤激的台词中，宣泄的是常四爷对
   旧社会强烈的不满之情。

D. 在等待了七年之后，欧也妮收到了查理的信，在信中，
   查理告诉欧也妮，他发了财，要与奥勃里翁小姐结婚，
   并让欧也妮寄还梳妆匣。

E. 《老人与海》中，人与自然之间并非单纯的征服与被征
   服的关系，在与鲨鱼争夺马林鱼的搏斗中，圣地亚哥对
   鲨鱼的赞叹，便是明证。

9. （2014·江苏省南京模拟卷）下列有关名著的说明，不正确的两项是（ ）

A. 王熙凤设"调包计"定下宝玉和宝钗的婚事后，黛玉无意中从紫鹃处得知了消息，从此一病不起。绝望之中的黛玉亲手将代表她纯真爱情的诗帕焚毁，切断一切与所爱的人的关联。

B. 《家》叙述了一个封建大家庭走向衰落崩溃的过程，高家三兄弟的恋爱故事是小说的重要内容，包括觉新与梅、瑞珏的婚姻悲剧，觉慧与鸣凤的爱情悲剧，觉民与琴奋起反抗获得的幸福爱情。

C. 《茶馆》的语言既符合人物的个性特征，也反映了一定的社会现实。比如第二幕中，报童向王利发推销报纸，王利发问报童："有不打仗的新闻没有？"这句话反映了政局动荡、军阀混战的现实。

D. 《呐喊》塑造了一群独特的母亲形象：《药》中的华大妈、《明天》中的单四嫂子愚昧而充满质朴的母爱，《风波》中的七斤嫂生性懦弱隐忍，《社戏》和《兔和猫》中"我的母亲"和蔼可亲、勤劳善良。

E. 《老人与海》描写了主人公圣地亚哥驾一叶小舟在海上捕大马林鱼时与困难做斗争的过程，作品表现出来的硬汉精神具有象征意义：这样的硬汉，"你尽可把他毁掉，但就是打不败他。"

10. （2017·高考模拟卷）下列句子的表述有误的两项是（　　）

A. "头戴三叉束发紫金冠，体挂四川红锦百花袍，身披兽面吞头连环铠，腰系勒甲玲珑狮蛮带；引箭随身，手持画戟，坐下嘶风赤兔马。"这段话描写的是《三国演义》中关羽的形象。

B. 《哈姆雷特》中鬼魂一角对剧情的发展起着决定性的作用，他的出现改变了哈姆雷特的命运，没有他就没有哈姆雷特，剧作伊始就以他悲伤而庄严、惨苦而坚定的形象奠定了全剧悲剧的氛围。

C. 《茶馆》的第二幕，这时的裕泰茶馆渐趋衰落。清朝灭亡了，但是中国依旧在黑暗中。处于社会最底层的劳动群众，已经通过自己的切身经验，直感到中国上层统治形式的更替并未使社会发生任何本质的变化，并不曾埋没社会固有的任何不合理的现象。

D. 《老人与海》是根据真人真事加工而成的小说，所以它既是一部现实主义的力作，又是一部有多层寓意的作品。

E. 《孔乙己》里的"孔乙己",《白光》里的"方玄绰",
《端午节》里的"陈士成",都是因循守旧,看不惯新的
事物,喜欢在过去的世界里思考问题的人物的代表。

11. (2017·高考模拟卷)下面关于名著名篇的说明,不正
确的两项是(　　)

A. 巴尔扎克在《欧也妮·葛朗台》中的女仆娜农是巴尔扎
克人物长廊中最不朽的形象之一,她外表的丑陋和内心
的单纯,同时她又十分忠诚,但巴尔扎克并没有把她塑
造成为一个旧伦理的殉葬者,相反,巴尔扎克在小说
结束时让我们看到娜农对金钱社会的适应,看到她身
上有老葛朗台的影子,尤其是在她成为高诺瓦叶太太
之后。

B. 在巴金的《家》中,作者对梅的抑郁致死,瑞珏的惨痛
命运,鸣凤的投湖悲剧,婉儿的被逼出嫁——这些青年
女性的悲惨遭遇,表现了深切的同情和悲愤,控诉了封
建制度和礼教、迷信的迫害。

C. 林黛玉进贾府时看到王夫人正房中的靠背引枕、坐褥等
均是"半旧"的,说明贾府当时已经走向了没落衰败,
这个封建家族只是金玉其外,实则暗藏种种危机。

D. 《三国演义》"巧设连环计"的是曹操、庞统。庞统献连
环计表面上是为解决曹军不习水战晕船的难题，实际上
是为周瑜火烧战船做准备。

E. 海明威《老人与海》的"斗鲨"情节中有一句："吃吧，
星鲨。做你的梦去，梦见你们弄死一个人吧。"反映了
老头儿对鲨鱼抢食"那条死鱼"无可奈何的内心世界。

12. （2017·高考模拟卷）下列有关名著的说明，不正确的
两项是（　　）

A. 《狂人日记》中鲁迅"救救孩子"的呼声，旨在呼吁人
民觉悟起来，推翻封建制度，在当时思想界、文化界引
起了巨大反响。

B. 《家》中的觉新性情温和稳健，不爱参加社会活动，但
他也受到五四新思潮的影响，向往民主自由，当祖父为
他包办婚姻时，他毅然离家出走。

C. 《边城》中，天保、傩送兄弟俩都爱上了老船夫的外孙
女翠翠，为了翠翠，天保宁可要条破渡船也不要新碾坊，
而傩送则主动托媒人上门提亲。

D. 《老人与海》中圣地亚哥是海明威笔下最为典型的硬汉
形象，他涵盖了美利坚民族的性格："一个人可以被毁灭，
但不能被打败。"

E. 《哈姆雷特》中，老国王的鬼魂嘱咐哈姆雷特在复仇时千万不要伤害到王后，让上帝去裁决她，让她那不安的良心时时刺痛她。

13. （2017·高考模拟卷）下列有关名著的说明，不正确的两项是（　　）

A. 沈从文的《边城》叙写了一个情节曲折的爱情故事，描绘了优美的自然景物和独特的民俗风情，歌颂了淳朴善良的人性，洋溢着浓厚的陕西乡土气息。

B. 老舍的《茶馆》以老北京一家大茶馆的兴衰变迁为背景，向人们展示了从清末到抗战胜利后的 50 年间，北京的社会风貌及各阶层人物的不同命运。

C. 《哈姆雷特》中歹毒的克劳狄斯安排剑术高超的雷欧提斯与哈姆雷特比剑，并唆使他使用涂了毒药的利剑，还特地准备了毒酒，以便哈姆雷特比剑时喝下去，毒死他。

D. 海明威《老人与海》中的主人公历经艰辛，捕获了一条特大的马林鱼，归途中与一群鲨鱼殊死搏斗，终于保住了大马林鱼。这是刻画硬汉形象的重要情节。

E. 《三国演义》中，吕布追赶曹操时，曹操以手遮脸，轻松逃脱；马超紧追曹操时，曹操"割须弃袍"，狼狈不堪。两处描写显示了吕布与马超的不同个性。

14.（2017·高考模拟卷）下列有关名著的说明，不正确的两项是（　　）

A. 《狂人日记》是鲁迅先生的第一篇白话小说，它采用"日记体"的写作形式，通过大量的心理描写，刻画了一个"语言错乱无伦次"的叛逆者形象。

B. 《家》中，钱梅芬被母亲嫁与别人，婚后一年就孀居的她郁郁而终；瑞珏被陈姨太之流以"血光之灾"的迷信为借口逼到城外生产，以致难产而死。

C. 葛朗台既是资产阶级吝啬鬼，又是一个基督徒，所以他的遗言是："把一切照顾得好好的！到那边来向我交账！""幸福只在天上，你将来会知道的。"

D. 《老人与海》结尾，游客们围着大马林鱼骨架议论纷纷，却分不清这是鲨鱼还是大马林鱼，这一情节影射了当时的人们对同厄运搏斗的老人的不理解。

E. 《哈姆雷特》笼罩着复仇的情绪：哈姆雷特为被谋杀的父亲复仇，雷欧提斯为被人设计陷害的父亲复仇，小福丁勃拉斯为在战场上比武丧生的父亲复仇。

15.（2017·高考模拟卷）下列有关名著的说明，不正确的两项是（　　）

A. 《家》中，梅被母亲嫁与别人，不久青年孀居，郁郁而死；瑞珏被高家逼到城外生产，难产而死，她们的悲剧都是对封建礼教的有力控诉。

B. 《三国演义》中，鲁肃"巧设连环计"，表面上是为解决曹军不习水战晕船的难题，实际上是为孙刘联军火烧曹军战船做准备。

C. 《茶馆》中，掌柜王利发善于应酬经营，但茶馆最终还是被人霸占；茶馆的房主秦仲义一心实业救国，但其产业最终也被作为"逆产"充公。

D. 《呐喊》中塑造了大量性格鲜明个性突出的人物形象，如革命者形象：夏瑜、方玄绰；旧知识分子：孔乙己、陈士成等。

E. 《老人与海》中，老人遭到无可挽回的失败，但他却捍卫了人的尊严，显示了"一个人的能耐可以到达什么程度"，是一个失败的英雄。

16.（2017·高考模拟卷）下列有关名著的说明，不正确的两项是（　　）

A. "孔乙己是站着喝酒而穿长衫的唯一的人。""站着喝酒"，说明他经济拮据，买不起酒菜，进不了柜台，只能和

"短衣帮"一起，可他又舍不得脱下象征读书人的"长衫"，这种矛盾现象充分说明了孔乙己的特殊身份和性格特征。

B. 海明威在《老人与海》中成功地塑造了"硬汉"的形象，表现了"一个人可以被消灭，但不能被打败"这一崇高的主题，为人类坚不可摧的精神力量唱出了一曲高亢热情的颂歌。

C. 《边城》不仅写了翠翠的爱情故事，还写了她母亲和父亲的爱情悲剧。她父亲是一个屯防士兵，因为顾及军人名誉，开枪自尽；她母亲待孩子生下后投水而死。

D. 《欧也妮·葛朗台》中，夏尔启程去印度前，欧也妮把自己全部积蓄六千法郎送给他作盘缠，夏尔回赠给她一个母亲留给他的镶金梳妆匣，他们私订了终身。

E. 《茶馆》讲述了王利发一心想让父亲的茶馆兴旺起来，为此八方应酬，最终却被冷酷无情的社会吞没的故事；同时也揭示了秦仲义、常四爷、刘麻子等一些社会底层人物的生存状态。

17. （2017·高考模拟卷）下列有关名著的说明，不正确的两项是（　　）

A. 《家》塑造了善良却抑郁的梅、贤惠的瑞珏、柔中带刚的鸣凤三位悲剧性女性形象。作者通过对她们悲惨遭际的描写，控诉了封建礼教对无辜、善良女性的迫害。

B. 哈姆雷特是一个人文主义者，但并不是一个完美的人，他思虑过多却在行动上犹豫不决，作为王子被民众爱戴的他却不相信民众。

C. 常四爷是《茶馆》中贯穿全剧的典型人物。他对腐败的清王朝不满，痛恨洋人，正直又善良，富有正义感，是不甘受奴役的中国人的代表。

D. 海明威的作品最富有魅力和打动人心的，是他塑造了众多的在迷惘中顽强拼搏的"硬汉"形象，圣地亚哥的形象象征着一种永恒的压倒命运的力量。

E. 史湘云是《红楼梦》中光彩照人的形象，她开朗豪爽，才情超人。她的诗句"寒塘渡鹤影，冷月葬花魂"意境凄冷，暗示了她悲惨的结局。

18.（2017·高考模拟卷）下列有关名著的说明，不正确的两项是（　　）

A.《边城》让我们了解了许多湘西民俗，爷爷向翠翠所说的"走马路"的求婚方式，就是婚姻由家长做主，请了媒人到女方家提亲。

B. 《三国演义》中刘备三顾茅庐，诸葛亮隆中决策，拉开了三分天下的序幕。刘备在与曹操的当阳之战中失利，迅速采取联吴抗曹的政策。诸葛亮舌战群儒，坚定了孙权抗曹的决心。

C. 《茶馆》以北京裕泰大茶馆为中心场景，以常四爷为贯穿全剧的人物，展示了清末、民国初年、抗战胜利后三个不同时代的社会生活，表现了旧中国必然崩溃的历史命运。

D. 圣地亚哥是《老人与海》中的一个"硬汉"形象。从表面上来看，老人失败了，因为他失掉了大马林鱼；但从精神上来看，他胜利了，带回的大马林鱼骨架证明他是一个硬汉。

E. 觉新是巴金在《家》中塑造得最丰满、最感人的艺术典型。作品通过这一形象揭露封建礼教吃人的本质，也向读者指出大胆反封建的道路。

19. （2017·高考模拟卷）下列有关名著的说明，不正确的两项是（　　）

A. 刘姥姥一进荣国府，左右逢源，装疯卖傻；二进荣国府，小心谨慎，打通关节；三进荣国府，挺身而出，侠肝义胆。

B. 《狂人日记》通过狂人的叙述，揭露了中国社会几千年的文明史，实质上是一部吃人的历史；披着"仁义道德"外衣的封建家庭制度和封建礼教，其本质是吃人。

C. 《凤凰涅槃》是《女神》中的代表作，该诗抛弃了传统诗词对于纯意境的追求，传达了像凤凰涅槃般在旧的毁灭中寻找再生的"五四"精神。

D. 话剧《茶馆》是老舍先生创作的，故事讲述了茶馆老板王利发一心想让父亲的茶馆兴旺起来，为此他八方应酬，然而严酷的现实却使他每每被嘲弄，最终被无情的社会吞没。

E. 《老人与海》中的小男孩曼诺林回归后，老人正是在他的鼓励下坚强不屈地拼搏下去，曼诺林的性格与老人的性格形成了鲜明的对比。

20. （2017·高考模拟卷）下列有关名著的说明，不正确的两项是（   ）

A. 《三国演义》中，周瑜和孙权设计骗刘备入吴相亲，想以他为人质讨回荆州，不料被孔明识破其诡计。赵云按照孔明的三条锦囊妙计行事，结果吴国太真招刘备为婿。

B. 《边城》中翠翠与傩送初次见面时，二佬曾经说过"大鱼来咬你"的玩笑话，这句话深深印在翠翠的心里，从此，英俊勇敢而又关心体贴人的二佬就占据了翠翠的心。

C. 《呐喊》中的 14 篇小说，通过塑造闰土、长妈妈、单四嫂子等麻木无知的底层民众形象，揭示了国民的劣根性，展现了辛亥革命前后中国社会的黑暗现实。

D. 《家》中鸣凤找觉慧时，觉慧忙于第二天要交出去的稿子，并没有察觉到鸣凤当时复杂哀伤的心情。鸣凤怀着对三少爷觉慧深深的爱，绝望地投湖自尽。

E. 《老人与海》中，圣地亚哥孤身一人与鲨鱼群搏斗时，常会想起曼诺林，也希望向曼诺林证明"我是个不同寻常的老头"，可见曼诺林是他战胜鲨鱼的精神支柱。

参考答案

1. ① B；② C；③ A
2. B　解析：正是由于不幸的童年养成了简·爱独立自尊的性格。
3. D　解析：祥子买的第一辆车是被大兵抢走的。

4. C　解析：《草房子》中细马在邱二爷死后，没有回江南老家，而是留在了油麻地，卖了十二棵树，买回五十头羊，努力赚钱，买砖，立志要给妈妈盖大房子。

5. AD　解析：A项，"关羽生活简朴，对新战袍格外珍惜"表述错误，表明他不忘旧主。D项，"全剧人物无一例外都被卷入其中"说法错误。

6. B　解析：宝玉并不喜欢这副对联，所以被秦可卿领到她的卧室去休息了。

7. BE　解析：B项，将资金投给赵伯韬的是杜竹斋；E项，徐庶和司马徽的位置应对调。

8. CE　解析：C项，这句台词出自秦仲义之口；E项，圣地亚哥赞叹的不是鲨鱼，而是马林鱼。

9. AD　解析：A项，黛玉无意中从傻大姐处得知了消息；D项，七斤嫂生性习蛮泼辣。

10. AE　解析：A项，应为"吕布"；E项，《白光》里的"陈士成"，《端午节》里的"方玄绰"。

11. CE　解析：C项中"半旧"的日常用品是仕宦之家的风范，显示勤俭持家的美德；E项，表现了老头儿蔑视对手，不甘心失败。

12. BC　解析：B项，"觉新"应为"觉民"；C项，宁可要条破渡船也不要新碾坊的是傩送，主动托媒人上门提亲的是天保。

13. AD　解析：A项，不是陕西，而是湘西；D项，并未保住大马林鱼。

14. CE　解析：C项，葛朗台不是"基督徒"，"幸福只在天上，你将来会知道的"是葛朗台太太的临终遗言；E项，雷欧提斯的父亲是被哈姆雷特无意中杀死的。

15. BD　解析：B项，"鲁肃"应为"庞统"；D项，方玄绰不是革命者而是旧知识分子形象。

16. CE　解析：C项，翠翠父亲服毒自尽，翠翠母亲生完孩子后到溪边故意喝了许多冷水死去；E项，秦仲义是民族资本家，常四爷是八旗子弟。

17. CE　解析：C项，贯穿全剧的人物应该是王利发；E项，"冷月葬花魂"是黛玉的诗句。

18. AC　解析：A项，"婚姻由家长做主，请了媒人到女方家提亲"应为"走车路"的求婚方式；C项，应为王利发。

19. AE　解析：A项，《红楼梦》刘姥姥一进荣国府，刘姥姥小心谨慎，打通关节，与赫赫有名的金陵大户建立关系，二进荣国府，刘姥姥左右逢源，装疯卖傻；E项，两人的性格没有形成对比。小男孩曼诺林的个性特征从另一个侧面反映了老人的性格，他虽然很小，但自尊自强，懂得生活的艰辛与男人的责任。

20. CE　解析：C项，长妈妈不是《呐喊》中的人物；E项，战胜鲨鱼靠的是他自身的勇气和毅力。

二、微写作

（2017·北京高考卷）微写作。

从下面三个题目中任选一题，按要求作答。180字左右。

①《根河之恋》里，鄂温克人从原有的生活方式走向了新生活，《平凡的世界》里也有类似的故事。请你从中选

取一个例子，叙述情节，并作简要点评。要求：符合原著内容，条理清楚。

②请从《红楼梦》中的林黛玉、薛宝钗、史湘云、香菱之中选择一人，用一种花来比喻她，并简要陈述这样比喻的理由。要求：依据原著，自圆其说。

③如果请你从《边城》里的翠翠、《红岩》里的江姐、《一件小事》里的人力车夫、《老人与海》里的圣地亚哥之中选择一人，依据某个特定情境，为他（她）设计一尊雕像，你将怎样设计呢？要求：描述雕像的体态、外貌、神情等特征，并依据原著说明设计的意图。

参考答案

以《老人与海》为例：

设计描述——老人双手向后垂，身体后仰，仰望着似乎悬在小船上空的大马林鱼，老人浑身伤痕累累，但老人的神态是坚毅的，他眼中没有畏惧，有的只是对大鱼的力和美的欣赏。

设计意图——这是《老人与海》中最经典的场景之一，两天两夜之后，老人终于和大鱼照面，而且是以老人战胜大鱼为结果，大鱼高高跃起、老人抬头仰望的这一瞬间，是定格在世界文学史上最惊心动魄的一个场景。

作文素材

1. 每天都是新的一天。那么最好还是交好运吧。但我情愿做得准确。这样运气来的时候我已经准备好了。（Every day is a new day. It is better to be lucky. But I would rather be exact. Then when luck comes you are ready.）

八十四天没有捕到一条鱼，虽然命运对老人如此不公，但老人从来没有放弃，每一天都满怀自信地走向大海，期待着好运的到来。而且为了好运到来的时候，自己能充分准备好，老人每一次下鱼饵都那么准确认真。机会从来只留给那些从不放弃的人，尤其是当他们随时做好准备的时候。

2. "我告诉过男孩我是个不同寻常的老头儿，"他说。"现在就是我要证明这一点的时候了。"他已经证明过一千次，但这都不算。现在他得再证明一次。每一次都是一次新的开始，而他在证明的时候从未想到过过去。（"I told the boy I was a strange old man," he said, "Now is when I must prove

it." The thousand times that he had proved it meant nothing. Now he was proving it again. Each time was a new time and he never thought about the past when he was doing it.）

　　尽管老人是最好的渔夫，但面对喜怒无常的大海，老人需要一次次地证明自己，甚至把过去的所有辉煌忘掉。"好汉不提当年勇，"因为沉溺在"当年勇"中的人可能会畏惧当下的挑战，他们害怕未来的失败给他们带来强大的心理落差，甚至会走向消极的抱怨，这样的人当然不是好汉，更不是硬汉。

---

　　3. 保持清醒，你要懂得如何像一个男子汉那样忍受痛苦。（Keep your head clear and know how to suffer like a man.）

　　像一个真正的男人那样，去迎接挑战，去面对挫折，去忍受痛苦，去战胜对手，更重要的是，去战胜自己。海明威曾说："优于别人并不高贵，真正的高贵应该是优于过去的自己。"（The true nobility is in being superior to your previous self.）而优于过去的自己就必须直面痛苦，像一个男子汉那样去战斗！

---

4. "但人不是为了失败而生的，"他说，"人可以被毁灭，但绝不能被打败。"（"But man is not made for defeat," he said, "A man can be destroyed but not defeated."）

这是最能代表海明威"硬汉精神"的一句话。你可以在肉体上毁灭我，但你绝不可能在精神上使我屈服。在三个日夜的搏斗中，老人极度的疲惫和伤痛随时都可能把他摧毁，但倔强的他从来没产生过退缩，即使偶尔沮丧，也能很快从中走出来，因此老人是一个真正的硬汉，即便他最后带回海岸的仅是一副鱼骨，但他没有失败，因为他从未在精神上被打败！

---

5. 现在可不是去想你没带什么东西的时候，想想就凭眼下的这些物件能做些什么吧。（Now is no time to think of what you do not have. Think of what you can do with what there is.）

我们总是很容易抱怨外在环境的缺憾，总是把自己的失败归咎于种种莫须有的条件；其实当我们产生这种念头时，我们就已经失败了。没有完美的环境，只有完美的精神；而一个完美的精神可以克服所有充满缺憾的环境，使自己发挥出最大的潜能。当那些抱怨的念头从心头涌起时，想想老人的这句话吧！

技法提升

1 比喻，文采的秘密

一切诗歌，本质上都是比喻性的语言；而文采，很多都来源于比喻；一个好的比喻，可以使一个作品耐人寻味；一个善于使用比喻的作家，更有可能脱颖而出。海明威英雄体的语言看似简单，实则蕴含着一股淡远的悲哀和幽默。海明威很少使用形容词，比喻也用得很吝啬，但只要使用，一定是惊人的准确和优美，如以下几个例子：①帆用面粉袋打满了补丁，卷着的样子像是一面象征永远失败的旗帜；②他的希望与自信从未消失，而如今则如微风泛起一般鲜活了；③老人睁开眼，过了一会儿，仿佛是从很远很远的地方回来了，然后笑了；④月亮对海洋有着影响，就如同对一个女人那样。好的比喻，首先要准确，即本体和喻体之间要有明确的联系；其次要新颖而生动，让人读完之后会心一笑。

2 心理描写，贴近人物的意识

汪曾祺曾说，他的老师沈从文先生当年讲小说创作，归根到底一句话——"要贴到人物来写"。而人物的心理描写，则是写作过程中走进人物的好方法，二十世纪文学史，甚至由此衍生出一个重要的流派，即意识流。所谓意识流，即是准确还原人物在情节中真实的意识流动，即便有些意识是荒诞的、不合逻辑的，也照样写下来。《老人与海》中，小说的主体部分都是老人的独角戏，除了老人钓鱼过程中的精细描写，小说中大量的篇幅是老人丰富的内心活动。有些读者可能会觉得这些心理描写冗长而枝蔓，岂不知这些意识流动都是和老人每一刻的行为严格联系在一起的，而且对表现老人的个性、情感、精神等都有着极为重要的作用。海明威不用那些廉价的形容词，只愿在这些心理描写中一点一滴地将这位世界文学史上的伟大硬汉烘托出来。因此，好的心理描写必然是切合人物的身份的，同时更能和塑造人物、推动情节、揭示主旨相辅相成。

3　冰山原则，让潜台词飞

"诗无达诂"，最好的文学一定有着丰富的解读空间，而这正来自于文字背后丰富的潜台词。海明威的语言简净淡远，但朴素背后，却有着惊人的爆发力。我们看一个例子：

> 很多渔夫嘲笑老人，他并不生气。另外一些人，那些上了年纪的渔夫，则看着他，为他悲伤，但脸上没表露出来，而是礼节性地跟他聊海流，他们放线钓鱼的深度，还有就是持续的好天气以及他们的见闻。

老人虽然头脑简单，但也明白自己变得非常谦卑了，不管是面对嘲笑自己的渔夫，还是面对善待自己的男孩。宽容是强者的特质，这谦卑绝不是"英雄迟暮"，而是更加宽容的"老骥伏枥"。而那些和老人一样老去的渔夫，可能是同病相怜吧，他们同情八十四天都未捕到鱼的老人，但他们只是把自己的关切隐藏在一些礼节性的聊天中。简短的一段文字中，人性的丰富表现得如此准确，不愧是大师手笔。所谓"绚烂之极归于平淡"，这种平淡其实来自更艰辛的文字雕琢，而所有雕琢，都是为了使自己的语言趋于准确。

图书在版编目（CIP）数据

老人与海·精解速读/（美）欧内斯特·海明威著；林喆导读.—北京：
中国国际广播出版社，2017.8
（新课标必读名著名师备考丛书/董一菲主编）
ISBN 978-7-5078-4070-4

Ⅰ.①老… Ⅱ.①欧…②林… Ⅲ.①长篇小说－美国－现代 Ⅳ.①I712.45

中国版本图书馆CIP数据核字（2017）第178683号

老人与海·精解速读

著　　者	［美］欧内斯特·海明威
导　　读	林　喆
主　　编	董一菲
执行主编	张金波
策划编辑	李　卉　李芬芳
责任编辑	李芬芳
版式设计	章　剑
责任校对	徐秀英

出版发行	中国国际广播出版社［010-83139469　010-83139489（传真）］
社　　址	北京市西城区天宁寺前街2号北院A座一层
	邮编：100055
网　　址	www.chirp.com.cn
经　　销	新华书店
印　　刷	环球东方（北京）印务有限公司

开　　本	880×1230　1/32
字　　数	65千字
印　　张	5.25
版　　次	2017 年 8 月 北京第一版
印　　次	2017 年 8 月 第一次印刷
定　　价	19.90元